인생의 1순위는 언제나 나여야만 한다

내가 아니면
누가 나를 챙겨줄까

홍현태 에세이

인생의 1순위는 언제나 나여야만 한다

내가 아니면
누가 나를 챙겨줄까

홍현태 에세이

CONTENTS

내가 아니면 누가 나를 챙겨줄까?   10

1장 사람에게 받은 상처는 사람을 배우는 과정입니다.

조건 없는 다정함   15

곁에 머무르는 사람에게 늘 감사한 마음을 가지세요   17

누군가가 나의 생각이 틀렸다고 한다면   19

누군가가 나를 오해한다면   21

때로는 이기적이어도 좋습니다   23

완벽하려 애쓰지 않아도 좋습니다   25

미안하다 말하는 습관   27

타인의 말에 휘둘리지 마세요   29

나를 싫어해도 신경 쓸 필요 없는 이유   32

인간관계는 잘 좁혀야 합니다   34

혼자만의 시간   36

인간관계에서 궁합이 중요하지 않은 이유   38

좋은 사람을 만났다는 증거   40

식물을 키우듯이 관계를 대하세요   42

남들도 나를 이해해 준다는 사실을 꼭 기억하세요   43

바라는 마음부터 버리세요   45

당신은 모든 면에서 성장하고 있습니다   47

결국 훌륭한 사람이 되고 말 겁니다   49

최고의 복수   51

서운하다는 말   53

좋은 사람을 만나야 하는 이유   55

인간관계는 거울과 같습니다   56

'쟤 착해'라는 말의 모순   58

나에게 상처를 주는 말을 한다면 생각해 봐야 하는 4가지   60

나를 소중히 여기는 사람   62

당신은 하루하루 성장하고 있습니다   64

가까운 사람에게 지켜야 할 예의   66

이해가 안되는 사람이 있을 때 가져야 할 마인드   67

행복과 슬픔의 비중   68

지금 당장 고쳐야 하는 태도   70

잘하기 위해선 두려움을 버려야 합니다   71

하고자 한다면 말이 아닌 행동으로 옮기세요   75

핑계는 자신의 성장을 막는 지름길입니다   77

나 자체로 화려한 삶   79

행복과 불행의 차이   81

자신의 단점을 장점으로 이용해보자   83

목적지만을 바라보세요   85

CONTENTS

2장 사랑과 이별의 상처는 추억과 경험으로 남겨보세요.

당신의 마음을 숨기지 않도록 해요   89

내 감정이 소중한 만큼 상대방의 감정도 소중합니다   91

사랑은 상처와 행복을 동시에 주는 것   93

당신을 소중히 생각해서 그래요   95

쓸데없는 자존심 내려놓기   97

단점보단 장점을 바라보세요   99

좋은 사랑과 사람을 만나기 위해   101

먼저 사과하는 용기   103

옆에 있는 사람에게 잘하세요   105

사랑을 확인하는 것   106

사랑의 감정을 키워가기 위해서   108

자신을 성장시켜주는 사람과 함께하세요   109

다툼이 일어나지 않는 연애는 존재하지 않습니다   111

시간이 없어서 연락을 못한다는 말은 핑계입니다   113

이것만 빼면 참 좋을 텐데   115

혼자서 이끌어가는 연락을 이어가려 애쓰지 말 것   117

집착과 애착의 차이   119

깜짝 선물   121

지켜 내야 하는 귀한 인연   123

좋지 않은 모습은 남이 바라볼 때 도드라진다   124

잃는 건 한순간 잊는 건 오랜 시간   126

이별 후에 연락하지 마세요   128

화가 난다고 물건을 집어 던지지 말아 주세요   129

후회가 될 때 잊지 말아야 할 것   131

마음이 식어버린 이유   132

당신은 충분히 아름답습니다   134

사랑은 헷갈리게 하지 않는다   136

상처받았을 때 기억해야 할 4가지   137

최선을 다했잖아요   138

미련 없이 끊어내세요   139

소중한 사람에게 지켜야 할 예의   141

가장 잊기 힘든 사람   142

CONTENTS

3장 마음에 상처를 들여다보는 시간이 줄었으면 좋겠습니다.

홀로 애쓰는 관계는 끊어버리도록 하자   145

맞지 않는 인간관계에 연연하지 않기를   147

인간관계에도 유통기한이 있습니다   149

별로인 사람에게 얽매이지 마세요   151

무례한 사람 때문에 상처 입지 않기를   153

입맛대로 기분을 표출하는 사람이 있다면   155

나에 대해 함부로 이야기한다면   157

유유상종   159

정치질   161

사람을 좋아하는 마음   163

서운한 감정   165

나에게 상처를 주었던 사람을 용서하도록 해요   166

유독 신경 쓰인다면   167

나를 많이 아껴주세요   168

당신은 충분히 사랑받을 사람입니다   170

단점보다 장점이 많은 당신입니다   172

내가 부족하다고 여겨진다면   174

나를 먼저 생각하자   176

시간이 해결해 준다는 말   178

빛나지 않아도 괜찮습니다   179

오늘도 고생했어   181

괜찮아도 괜찮아   182

인생에서 부질없는 것들   183

충분히 잘하고 있어   184

너에게 어두운 순간이 찾아오는 이유   186

행복하게 사는 방법   188

그때 당신의 최선이었습니다   190

고장난 마음   192

하루하루는 귀중합니다   193

올바른 길로 잘 나아가고 있습니다   194

못하는 게 아닌 경험이 적을 뿐   196

당신은 무궁무진한 잠재력을 가진 사람입니다   198

슬레이트   200

나만 불행한 느낌   201

꼭 이겨내고 말 겁니다   203

나만 힘든 것 같다는 생각은 멈추어 주세요   205

결국 그 누구보다 행복해질 당신입니다   208

당신의 최선이었습니다   210

이유 없는 눈물   212

인생에서 필요 없는 것   214

지금 당장 고쳐야 할 습관   215

메마른 감정   216

마음속의 비상불   218

후회가 남는 이유   220

에필로그   222

내가 아니면 누가 나를 챙겨줄까?

사실 저는 누군가에게 따스한 말을 건네던 사람이 아니었습니다. 어렸을 때는 그저 우울감만 토해내며 세상을 비관적으로 살아가고, 사람과 다툼이 생긴다면 그 상황을 회피하기 위해 관계를 정리하기 급급했죠. 그런 삶을 지속하다 보니 주변에 머물러주는 사람이 하나둘 사라지게 되었고 결국은 혼자가 되었습니다. 그렇게 상처가 가득한 사람이 되어 삶을 살아가던 중 서점에서 책 한 권을 읽게 되었습니다. 책 속에 담긴 수많은 문장을 통해 난생처음 느껴보는 위로를 느꼈고, 잃어버렸던 희망을 다시 되찾으며 제 삶을 진심으로 되돌아볼 수 있게 되었습니다. 타인의 말에 '진짜 위로'를 받은 것이죠. 그 감정을 느낀 이후로 힘들 때마다 인상 깊었던 문장을 꺼내보며 스스로

안정을 찾는 사람이 되었고, 나와 같은 아픔을 겪고 있는 사람들에게 진심어린 문장을 건네는 한 명의 작가가 되었습니다.

저는 '오히려 좋아'라는 말을 상당히 좋아합니다. 좋지 않은 일이 벌어졌을 때 '오히려 좋아'라고 생각한다면 그 또한 나의 경험으로 남게 되어 후에 같은 상황을 직면했을 때 똑같은 실수를 반복하지 않을 수 있기 때문이죠.

이 세상을 살아가며 처음 겪는 일들이 수도 없이 많을 것이고, 그 사이에서 많은 실수를 하기도, 상처를 받을지도 모릅니다. 좋지 않았던 기억과 감정들이 지속된다면 부정적인 늪에 빠져 타인에게 마음이 모난 사람으로 비추어지게 되고 말 겁니다. 그런 사람으로 비추어지지 않기 위해선 자신의 선택을 후회하지도, 지나온 자신의 상처를 구체적으로 바라보지도, 나에게 상처를 주었던 사람에게 복수를 하려 하지도, 슬픈 감정들과 기억들을 회상하지도 않아야 합니다.

힘들 적, 이름도 모르는 누군가에게 위로를 받은 것처럼 저도 누군가에게 힘들 때마다 꺼내어 읽게 되는 문장이 담긴 책을 적고 싶었습니다. 앞으로는 당신의 가슴에 남겨진 생채기를 바라보는 시간들이 아닌 따스한 문장을 꺼내어 읽어 보는 시간이 많아지길 바랍니다. 당신에게 힘이 될 수 있는 글을 묵묵히 써 내려가겠습니다.

누군가의 마음에 힘들 때마다 꺼내어 읽게 되는 문장이 되기를.

이 세상에서 읽어 본 몇 안 되는 따스한 문장이 되기를.

나의 진심 어린 마음이 당신의 마음에 활력을 찾아주길 진심으로 소망합니다.

- 작가 홍현태

1장

사람에게 받은 상처는
사람을 배우는 과정입니다.

조건 없는 다정함

저는 외식을 하거나 술자리가 끝난 후 어지럽혀진 테이블을 치우기 쉽게 정리를 해놓는 습관이 있습니다. 일하시는 분에게 조금이나마 도움이 되지 않을까 싶어 식기류와 자리를 정리하는 것이죠. 그렇게 계산을 하러 가면 직원 분이 흐뭇한 미소를 띠며 "다음에 오시면 서비스 챙겨드릴게요.", "이거 식사 후에 찍어드리는 도장인데 4개 더 찍어드릴게요."등 사소한 배려에 보답을 해주십니다.

보상을 바라며 한 행동은 아니지만 이런 상황을 겪을 때마다 드라마 이상한 변호사 우영우의 한 장면이 떠오르곤 합니다. 우영우 변호사가 최수연 변호사에게 "넌 나의 봄날의 햇살 같아."라고 말하는 장

사람에게 받은 상처는 사람을 배우는 과정입니다.

면이 있습니다. 우영우 변호사가 동료에게 이 말을 한 이유는 식사를 할 때 물병 뚜껑을 열어주거나, 식당에 자신이 좋아하는 김밥이 나오면 말해주고, 누군가가 자신에 대해 좋지 않게 이야기를 한다면 대신 나서서 반박해 주는 사소한 배려 때문이었습니다. 그것에 깊은 고마움을 느낀 것이죠.

사소한 배려는 누군가의 마음에 햇살을 비춥니다. 길가에 신호등을 힘겹게 건너시는 어르신을 보호해 주는 일, 잃어버린 물건을 찾아주는 일, 식사 후 자리를 치우는 일, 힘든 일을 겪고 있는 사람의 이야기를 끝까지 들어주는 일, 다음 사람을 위해 문을 잡아주는 일, 허겁지겁 달려오는 사람을 위해 엘리베이터를 기다려주는 일, 대중교통에서 어르신을 위해 자리를 비켜주는 일 등 조건 없는 다정함을 가지고 보다 온기 있게 살아갔으면 좋겠습니다. 그 다정함은 분명 돌고 돌아 결국 자신에게도 돌아오고 말 테니까요.

곁에 머무르는 사람에게
늘 감사한 마음을 가지세요

일상에 지쳐 힐링이 필요할 때 사람들은 바다로 가 그동안 마음속에 담아두었던 스트레스를 풀어내곤 합니다. 실제로 많은 사람들이 '바다 보러 가고 싶다.'라는 말을 하고 있죠. 그런데 바다는 언제나 사라지지 않고 보고 싶은 마음만 있다면 볼 수 있다는 생각에 '나중에 갈 수 있는 날이 생긴다면 가야지, 혹은 같이 보러 갈 사람이 생기면 보러 가야겠다.' 같은 생각으로 계획을 미루곤 합니다.

사람들은 소중한 사람들과의 만남 또한 바다와 동일하게 생각합니다. 언제나 곁에 있을 것 같았던 부모님도, 늘 그 자리에서 나를 사랑

사람에게 받은 상처는 사람을 배우는 과정입니다.

해 줄 것 같았던 연인도 내 곁에 있는 게 당연하다고 느껴지고 있을 뿐, 보고 싶을 때마다 볼 수 있는 사람이 아닌 언젠간 나의 곁에서 떠나가는 소중한 사람들입니다.

바다는 시간이 지나도 사라지지 않지만, 사람은 결국 사라지고 맙니다. 당신에게 소중한 사람들에게 감사함을 잃지 말고 지금보다 더 소중하게 여기며 항상 오늘이 마지막인 것처럼 표현하고, 볼 수 있을 때 많이 보러 가도록 하세요. 엎어진 물을 주워 담을 수 없듯이 이미 지나가 버린 시간도, 후회도 되돌이킬 수 없으니까요.

바다는 늘 우리를 기다리고 있지만, 내 옆에 있는 사람은 영원하지 않습니다.

내가 아니면 누가 나를 챙겨줄까

누군가가 나의 생각이 틀렸다고 한다면

사람들은 어쩌면 3대 욕구가 아닌 4대 욕구를 가진 사람들일지도 모릅니다. 타인의 행동이나 언행을 바라보며 "그거 아니야."라고 본능적으로 부정하는 모습이 있기 때문이죠. 상대방의 말에 "아니야."라고 답하는 이유는 자신의 생각과 언행이 정답이라고 생각하는 습관 때문입니다. 타인에게 부정 당했을 때 사람들은 3가지로 나닙니다.

1번째, "아 진짜?"라며 상대방의 말에 귀를 기울이며 타인의 생각을 존중해 주는 사람. 2번째, '내가 틀린 행동을 했구나, 난 도대체 왜 이럴까.'라고 자책 하는 사람. 3번째는 '무시가 답이지.'라고 생각하는 사람.

사람에게 받은 상처는 사람을 배우는 과정입니다.

1번째, 3번째 유형을 갖춘 사람은 문제가 되지 않지만, 2번째 유형처럼 타인의 말에 자존감을 잃는 사람은 문제가 된다고 생각합니다. 사람의 생각은 정답이 없습니다. 누군가가 내 말이 틀렸다고 할지라도 분명 같은 생각을 가지고 공감해 주는 사람이 있을뿐더러 나와 동일하지 않은 생각을 가진 사람일지라도 상대방의 의견을 존중해 주는 사람도 있습니다. 당신의 생각이 틀린 게 아닌 그저 그 사람이 당신을 존중하지 않는 것뿐입니다.

　그러니 앞으로 누군가가 잘못된 행동이라고 행동을 지적한다면 '내가 뭘 잘못했을까.'라는 자책보단 '그럴 수도 있지.'하며 시니컬한 태도를 가져보세요. 그 누가 뭐라고 할지라도 삶의 정답은 당신의 생각과 결정이니 타인에게 흔들리거나 무너지지 않는 굳건한 마음을 가지셔야 합니다. 자신의 선택을 꾸준히 믿어주신다면 후회는 조금씩 사리질 것입니다.

내가 아니면 누가 나를 챙겨줄까

누군가가 나를 오해한다면

사람은 제각기 다른 생각을 가지고 있기 때문에 서로 오해하는 상황이 생길 수밖에 없습니다. 자신의 관점만으로 상대방을 바라볼 땐 분명 문제가 있지만, 상대방의 이야기를 들어보면 정작 내가 생각했던 것이 틀렸다는 걸 알 때가 있죠. 이런 상황 속에서 사람은 두 가지로 나뉩니다. 먼저 오해를 하기 싫어하는 사람은 내가 모르는 부분이 있다고 생각하여 결과물이 아닌 과정과 상황을 당사자에게 묻지만, 오해를 하는 사람은 결과물만 바라보며 당사자의 의견을 묻지도 않은 채 혼자만의 생각으로 상황을 단정 짓곤 합니다.

쉽게 오해하고 판단하는 사람은 상대방의 생각과 과정을 존중해

사람에게 받은 상처는 사람을 배우는 과정입니다.

주지 않고 자기만의 방에 갇혀 좋지 않은 상황을 불러일으키는 단적인 사람입니다.

사소한 오해를 자주하는 사람은 죽을 때까지 혼자 오해하며 타인을 험담하기 바쁠 것입니다. 좋지 않은 영향력을 뿜어내는 사람에게 굳이 힘들게 자신의 상황과 이유를 설명하며 관계를 지켜내려 하지 마세요. 매번 오해를 풀려 애쓰기보단 그 사람과 엮여있는 관계의 매듭을 푸는 게 차라리 더 나을 수도 있습니다.

내가 아니면 누가 나를 챙겨줄까

때로는 이기적이어도 좋습니다

주변 친구나 지인들에게 잘 지내냐는 연락이 오랜만에 온다면 먼저 연락을 하지 못한 미안한 마음에 "응, 너는 잘 지내지? 오랜만이다. 먼저 연락 못해서 미안해."라는 말을 할 때가 있습니다.

하지만 반가운 마음으로 대화를 나누다 보면 상대방이 오랜만에 연락을 한 이유가 도드라지곤 합니다. 돈이 필요할 때, 보험을 들어줄 사람이 필요할 때, 결혼식에 축의금을 내줄 사람이 필요할 때, 아쉬울 때 하는 연락이라는 게 느껴지는 것이죠. 어떻게 그렇게 단정 지을 수 있냐고 생각할 수 있겠지만, 그들은 자신의 이득을 챙긴 이후론 저에게 연락을 하지 않았습니다. 저를 먼저 찾아준 반가운 마음에

사람에게 받은 상처는 사람을 배우는 과정입니다.

순간 잊고 있었던 사실이 있었습니다. 정작 내가 힘들 때 나를 외면하던 사람이라는 걸 말이죠.

당신의 인간관계도 다시금 되짚어 봤으면 좋겠습니다. 현재 연락을 주고받는 사람이 아닌 오랜만에 부탁을 하기 위해 연락을 하거나 갑작스럽게 호의를 보이며 마음을 속이려는 사람과의 관계를 말이죠. 내가 힘들 땐 아무 말도 없다가 이제 와서 이기적인 부탁을 한다면 주저 없이 그 사람을 내치세요. 거절을 못 하는 성격이라는 말은 "난 나약한 사람이니 마음껏 이용해도 좋아."라는 말과 동일합니다. 당신에게 꾸준한 연락과 안부를 묻는 감사한 사람과 잘 지내도 부족한 시간입니다. 자신이 필요할 때만 찾는 사람들과의 관계를 굳이 유지할 필요는 없어요. 그러니 앞으로는 거절하고 싶은 부탁에는 단호하게 거절을 하는 사람이 되도록 하세요.

때론 이기적이어도 좋습니다. 모든 부탁을 들어주며 당신의 소중한 감정과 시간을 빼앗기지 말고 조금이나마 믿었던 신뢰감도 잃지 말아 주세요. 타인의 감정보다 당신의 감정을 우선시로 생각하세요.

완벽하려 애쓰지 않아도 좋습니다

주변 모든 사람을 귀중하게 생각하는 사람이 있는 반면에 '내가 어떻게 해도 어차피 내 곁에 남을 사람은 남고 떠날 사람은 떠나겠지.'라고 생각하는 사람이 있습니다. 인간관계에서 능숙한 사람은 후자를 택할 것이고, 덜 성숙한 사람은 전자를 택할 거라고 생각합니다. 주변에 있는 모든 사람들에게 잘해 주려고 노력하지 않아도 됩니다. 우린 모든 사람에게 좋은 사람이 될 수 없고, 혼자 애쓰는 관계는 부질없는 시간과 감정 소비입니다.

착한 사람들은 내 사람만 챙기자는 생각보단 주변 사람들을 모두 챙겨야 한다는 생각을 가집니다. 상대방에 대한 기대감은 이것 때문

사람에게 받은 상처는 사람을 배우는 과정입니다.

에 만들어집니다. 이 과정에서 나를 존중해 주지 않는 사람들에게 상처를 받으며 점점 내 사람만 챙기게 되는 사람으로 성장하게 됩니다. 착했던 사람이 한 번이라도 응석을 부리거나 짜증을 부린다면 변했다 생각하고, 나빴던 사람이 한 번이라도 선량한 행동을 하면 의외로 착한 사람이라고 생각하기 때문입니다.

사람은 10번을 못하고 1번을 잘하면 칭찬을 듣고, 10번을 잘하고 1번을 못하면 욕을 먹습니다. 그러니 모든 사람에게 좋은 사람으로 보이려고 애쓰지 않아도 됩니다. 그럼 마음이 편해지실 거예요. 당신의 본모습을 좋아해 주는 사람에게만 잘해도 괜찮습니다. 더 이상은 불필요한 사람에게 감정과 시간을 소비하며 상처를 받지 않도록 하세요. 내 마음은 소중하니까요.

미안하다 말하는 습관

    자신의 잘못이 아님에도 상대방의 기분을 상하게 하지 않기 위해 미안하다는 말을 난발하지 않아야 합니다. 그런 행동을 하는 착한 마음이 대견하지만 상대방은 그렇게 생각하지 않기 때문이죠.

    시간이 흐르면 미안하다는 말이 습관이 될 거고 상대방은 모든 잘못은 당신으로 인해 발생했다고 하는 가스라이팅 습관을 가지게 될 겁니다. 그런 상황이 벌어지면 점차 자존감은 떨어지고 내 감정에 솔직하지 못한 사람이 됩니다. 좋은 인간관계에선 상대방이 기분을 상하게 하더라도 '다음부터는 조심해 줬으면 좋겠어.'라는 말을 할 거고 좋지 않은 인간관계에서는 내 기분보다 상대방의 기분이 중요해 "미안

사람에게 받은 상처는 사람을 배우는 과정입니다.

해"라는 말을 계속할 겁니다.

만일 당신이 후자의 반응을 계속하고 있다면 한 번쯤 관계에 대하여 생각해 봐야 합니다. 좋지 않은 인간관계에 얽매이다 보면 부정적인 감정이 나를 뒤덮게 되고 새로운 인간관계에 대한 불안감과 의심이 생겨 나도 모르게 회피형 인간이 되고 맙니다. 모든 관계에 벽을 치게 되면 당신의 인생은 외로워질 겁니다.

이제 딱 하나만 명심하시면 됩니다. 자신의 잘못이 아님에도 상대방의 기분을 풀어주기 위해 미안하다는 말을 쓰지 마세요. 차후에 모든 잘못은 당신의 책임이 될지도 모릅니다. 미안하다는 말을 제대로 쓸 줄 알아야 좋은 관계를 위한 사과를 할 수 있습니다.

타인의 말에 휘둘리지 마세요

친구와의 약속을 위해 지하철을 타고 서울로 가고 있던 중, 옆쪽에서 한 여성의 비명이 들려 소리가 들려오는 방향을 바라보니 수많은 사람들이 핸드폰을 꺼내어 그 상황을 촬영하고 있었습니다. 무슨 상황인지 확인하기 위해 비명 소리가 났던 곳으로 걸어가니 한 아저씨와 여학생, 남학생이 서있었습니다. 촬영하는 사람은 많았지만 상황을 중재하는 사람이 없었기에 일이 커지기 전에 막아야 한다는 생각으로 학생들을 등 뒤로 피신시킨 채로 아저씨와 대치하게 되었습니다. 학생들에게 무슨 일이냐고 물었더니 성추행을 당했다고 하였고 그 말을 듣고 뒤에 있는 사람들에게 112에 전화를 해달라고 요청을 한 후, 아저씨와 몸싸움 끝에 겨우 몸을 제압할 수 있었습니다. 그 이

사람에게 받은 상처는 사람을 배우는 과정입니다.

후 경찰과 접견을 통해 진술서를 작성하고 상황을 마무리 지을 수 있었습니다. 그때 학생들과 경찰관에게 들은 말을 아직도 잊을 수가 없습니다.

"정말 좋은 사람이시네요. 감사합니다."

좋은 사람이라는 말이 이렇게 듣기 좋은 지 처음 알게 된 순간이죠. 보람차다는 생각을 하는 찰나에 친구에게 전화가 왔습니다. 친구는 저에게 호통을 쳤습니다. 시간을 확인해 보니 약속 시간보다 20분을 초과한 걸 알았고 미안한 마음에 서둘러 달려갔지만 이미 기분은 상해있는 상태였습니다. 늦게 된 상황을 자초지종 설명했지만 화는 쉽게 풀리지 않았습니다.

"그러니까 왜 오지랖을 부려, 그리고 그 어떠한 상황이더라도 약속 시간 안 지키는 사람은 안 좋은 사람이야."

사실, 친구의 말에 허탈한 마음이 들었습니다. 1시간 전에는 좋은 사람이었고, 한 시간 뒤에는 누군가에게 좋지 않은 사람이 되었기 때문입니다. 친구에게는 미안했지만 그 말을 듣고 '타인의 평가에 생각이 쉽게 움직인다면 앞으로 타인의 말에 휘둘리며 살아가지 않을까.' 라는 생각을 하게 되었습니다. 그 생각을 끝으로 누가 뭐라 하던 내가 선택하는 대로 인생을 살아갈 거라고 다짐하게 되었고, 지금까지 건강하게 삶을 이끌어가고 있습니다.

만일 당신도 타인의 평가에 갇혀 살아가고 있다면 누군가가 나를 좋게 말한다고 해서 좋은 사람이 되는 게 아니고, 좋지 않게 말한다고 해서 안 좋은 사람이 되는 게 아님을 기억해야 합니다. 타인의 말에 휘둘려 내가 하고자 하는 것을 참아내며 살아간다면 후회만 가득한 삶을 살아가게 될 겁니다. 후회를 남기지 않기 위해선 타인의 평가에 굴복하지 않아야 합니다. 이미 지나간 시간은 주워 담을 수 없지만 앞으로 다가오는 시간은 뒤바꿀 수 있습니다. 그러니 내 선택을 믿으세요. 내가 뿌듯하고 좋으면 그걸로 충분하지 않을까요?

사람에게 받은 상처는 사람을 배우는 과정입니다.

나를 싫어해도 신경 쓸 필요 없는 이유

저는 웬만한 음식들은 다 좋아하고 맛있게 먹지만 사람들이 레몬이라는 말만 해도 입안에 침이 가득 고이고 조금이라도 신 음식을 먹으면 고통스럽습니다. 사람마다 입맛의 차이가 있기 때문에 제각기 꺼리게 되는 음식이 있다고 생각합니다.

우리의 입맛처럼 인간관계도 동일하다고 생각합니다. 사람들이 모든 음식을 좋아하지 않는 것처럼 우리도 모든 사람을 좋아할 순 없습니다. 누군가가 당신을 좋아하지 않는 건 당신이 별로라서가 아닌 그저 상대방의 취향이 아니기 때문입니다. 그러니 누군가가 날 싫어할 때 '나를 왜 싫어할까?'라는 생각으로 괴로워하기보단 '나와 맞지 않는 사람이구나.'하며 심플한 생각을 가지도록 하세요. 그렇게 생각한다면 앞으로는 누군가가 나를 싫어하더라도 쉽게 요동치지 않을 겁니다.

모든 사람에게 사랑받을 수 없다는 걸 인정하는 것만으로도 마음은 한결 편해집니다.

사람에게 받은 상처는 사람을 배우는 과정입니다.

인간관계는 잘 좁혀야 합니다

소중한 사람에게 진심 어린 마음을 담아 선물을 건네본 적이 있을 겁니다. 선물을 받은 상대방은 좋은 리액션으로 고마운 마음을 표현하곤 합니다. 그 사람이 좋은 사람이라면 선물의 값어치를 떠나 감사한 마음을 오랜 시간 간직하며 되돌려 주려 하겠지만 이기적인 사람은 상대방의 생일을 묵인하거나 갖가지 핑계로 상황을 회피하려고 합니다.

이와 비슷한 상황은 상처에서도 나타납니다. 상처를 주는 사람은 자신의 잘못을 모르고 지나치곤 합니다. 차후에 상대방이 "예전에 이런 행동에 상처를 받았었어."라고 말을 한다면 이해하지 못하거나 왜 그때 말하지 않았냐며 오히려 성질을 부리며 자신의 행동을 부정하곤 합니다.

선물은 준 사람만 기억하고 상처는 받은 사람만 기억합니다. 이런 관계가 지속되지 않기 위해선 말로만 친구인 관계가 아닌 진심을 나누며 서로에게 힘이 되어 주는 관계를 구축해야 합니다.

홀로 값비싼 선물을 건네고, 혼자 상처를 받는 관계가 아닌 값어치에 상관없이 작은 선물을 주고받고 진심으로 서로의 안위를 생각하는 관계가 좋은 관계입니다.

'모든 관계는 이렇게 다 아픈가 보다.'라는 생각으로 자신의 상황을 합리화하면 안 됩니다. 그런 생각은 인간관계를 두렵게 만들며 차후에 누군가가 친절함을 보이더라도 의심부터 하게 만들 겁니다. 어릴 적에는 인간관계가 넓어야 한다고 생각했지만 나이가 들면서 인간관계를 잘 좁히는 게 중요하다는 걸 깨달았습니다. 억지로 많은 사람들과의 관계를 유지하려 하기보단 소수의 사람과 좋은 감정을 나누며 함께 살아도 삶은 충분하다고 생각합니다. 아픔을 주기보단 행복감을 느끼게 해 주는 사람은 충분히 많습니다. 그러니 찝찝한 느낌이 들게 하는 사람과의 관계는 미련 없이 끊어 내세요.

사람에게 받은 상처는 사람을 배우는 과정입니다.

혼자만의 시간

혼자만의 시간이 외롭다고 느끼는 사람은 적적함을 채우기 위해 공백기 없는 연애를 하거나 친구와의 약속을 끊임없이 만들어 외로움을 채웁니다. 저도 그런 적이 있었습니다. 친구들과 함께하는 시간은 즐겁고 행복했지만 방에서 혼자 보내는 시간은 공허했기에 혼자 있는 시간이 없도록 끊임없이 약속을 만들고 살았죠. 그러다 보니 점점 할 일을 미루게 되었고, 주변 사람들이 깊은 경험에 대해 이야기할 때 저는 멋쩍은 웃음만 보일 수밖에 없었습니다.

괴리감을 느낀 뒤로 미루고 미루던 일들을 하나씩 노트에 적어가며 지금 당장 할 수 있는 일부터 시작했습니다. 그러다 문득 그동안 외로움을 느꼈던 이유는 나만의 시간을 활용하지 않고 방치했기 때문이라는 사실을 깨닫게 되었습니다. 그 이후로 저는 만남을 조절하며 꽤 균형 잡힌 삶을 살게 되었습니다.

어느 책 문장에 "나는 나를 사랑하기로 했다."라는 말이 있습니다. 우리는 사랑을 받기 위해 주변 사람들에게 애쓰며 살아가지만 애쓰지 않고 쉽게 사랑을 받는 방법이 있습니다. 바로 자기 자신 스스로를 사랑해 주는 것이죠. 그러니 만날 사람이 없어 외롭다고 생각하지 말고 나만의 시간을 잘 활용할 수 있는 방안을 생각해 보세요. 친구들과의 만남의 자리로 인해 채우는 마음은 잠시 도움이 되겠지만 나만의 시간을 통해 스스로를 성장시키는 건 평생 나에게 도움이 될 테니까요.

사람에게 받은 상처는 사람을 배우는 과정입니다.

인간관계에서 궁합이 중요하지 않은 이유

어릴 적 친구를 사귈 때 서로의 궁합을 확인하기 위해 혈액형과 MBTI 등 각종 유형 테스트를 하며 합을 확인하곤 했습니다. 테스트에서 좋은 궁합이라고 한다면 내 성격과 성향을 존중해 줄 거 같은 느낌이 드는 것도 사실입니다. 하지만 그 생각은 틀렸었습니다. MBTI와 혈액형 궁합이 잘 맞더라도 제각기 자라온 삶의 환경이 다르기 때문에 무조건 나와 잘 맞지는 않았습니다. 오히려 안 좋은 궁합을 가진 사람이 저를 더 이해해 주곤 했죠.

궁합이 잘 맞는 한 친구는 제가 처음 SNS에 서툴게 글을 적을 때 "현태야, 난 네가 글 쓰는 걸 응원해."라며 응원을 해 주었지만 시간이 흐르자 저에게 사소한 핀잔을 주기 시작했습니다. 친구의 말을 듣고 "내 글을 보는 게 그렇게 불편하면 차라리 읽지 않았으면 좋겠어."라는 말을 했지만 제 말에 친구 또한 감정이 상해 자연스레 멀어지게 되었습니다. 정말 잘 맞는 친구였지만 단 1가지 사유로 관계가 끊어진 게 참 허탈했죠. 그와 반면에 최악의 궁합이었던 친구는 "난 글이랑 거리가 멀어서 솔직히 조금 오글거리지만, 그래도 난 너를 응원해."라며 저를 존중해 주었습니다.

이처럼 인간관계는 서로의 궁합 문제가 아닌 서로에 대한 존중과 배려의 차이입니다. 10가지 중 1가지가 다르다고 틀어지는 관계를 유지하기보단 10가지 중 10가지가 다르더라도 서로를 존중해 주고 배려해 주는 관계가 오랜 시간 함께할 수 있는 관계라고 생각합니다. 나와 잘 맞는 사람을 찾기보단 서로의 다름을 맞출 수 있는 사람과 함께하세요. 서로 부족한 부분을 메꾸며 함께 성장하는 관계가 오래가기 마련입니다.

사람에게 받은 상처는 사람을 배우는 과정입니다.

좋은 사람을 만났다는 증거

예전과 다른 모습을 보일 때 한 번쯤 '너 좀 변했다?'라는 말을 들어 봤을 겁니다. 저 또한 오랜만에 대학교 친구와 전화 통화를 하다 "너 예전이랑 다르게 진짜 많이 변했다."라는 말을 듣게 되었고 친구의 말에 '내가 변했나?'라는 의구심이 생겨 예전 저의 모습을 되짚어보게 되었습니다.

전 예전에 순진무구하고 소극적인 아이였습니다. 그러다 보니 주변 사람에게 지속적인 상처를 받게 되었고 그 상처를 마음속에 떠안고 살아가다 보니 사람에 대한 두려움과 함께 회피형 성향을 가지게 되었습니다.

내가 아니면 누가 나를 챙겨줄까

그 후로 나에게 상처를 주던 사람을 하나둘 정리하다 보니 상처로 얼룩진 모습이 조금씩 사라졌고 현재는 정서적으로 성숙한 사람과의 교류를 통해 좋은 가치관과 인간관계를 가지게 되었습니다. 그렇게 누군가에게 우울감을 토하던 아이에서 누군가에게 응원과 따스함을 전해주는 사람이 되었죠.

친구의 말을 통하여 지나온 나날을 되짚어 보니 좋은 사람을 만났다는 증거는 예전과 다르게 변해버린 나의 모습이 만족스러울 때라는 사실을 깨닫게 되었습니다. 만일 당신에게 누군가가 변했다는 말을 한다면 자신의 옛 모습과 현재의 모습을 비교해 보셨으면 좋겠습니다. 만일 만족스럽지 않은 모습을 보이고 있다면 나의 주변 사람들은 한 번쯤 둘러보도록 하고, 만족스러운 모습을 보이고 있다면 현재 곁에 머무르는 사람에게 감사함을 가졌으면 좋겠습니다.

좋은 사람을 만나세요. 전 당신이 그 사람으로 더 나은 사람이 되었으면 좋겠습니다.

사람에게 받은 상처는 사람을 배우는 과정입니다.

식물을 키우듯이 관계를 대하세요

많은 사람들이 인간관계가 어렵다고 말하지만 한 가지만 기억해 두면 앞으로의 인간관계는 쉽게 느껴질 겁니다. 인간관계는 식물과 같습니다. 식물에게 자주 물을 주면 썩어버리거나 물을 흡수하지 못하고 뱉어 버리죠. 그렇다고 물을 주지 않는다면 말라비틀어지고 맙니다. 반면에 그 식물에 필요한 물의 양을 파악하려는 관심으로 다가간다면 조금만 돌보아도 풍성하게 자라날 겁니다.

그러니 가끔 식물을 키우듯 관계를 대해 보세요. 뭐든 밸런스가 중요합니다.

남들도 나를 이해해 준다는 사실을 꼭 기억하세요

사람들은 보통 나와 잘 맞는 사람과 관계를 형성한다고 하지만 제 생각은 조금 다릅니다. 그 이유는 잘 맞는 사람과 관계를 형성한다고 한들 다툼이 발생하기도 하고, 더 쉽게 손절을 할 때도 있기 때문이죠.

제가 생각하는 관계는 잘 맞는 사람과 안 맞는 사람이 아닌 이해하고 싶은 사람과 이해하기 싫은 사람으로 나뉘는 것 같습니다. 누군가가 자신이 싫어하는 행동을 하게 되면 그 이후부터는 그 사람의 모든 행동이 보기 싫어지곤 하는데 그게 바로 색안경입니다. 전 누군가가 "저 사람 이래서 싫어. 저래서 싫어."라며 저에게 색안경을 씌우려고

사람에게 받은 상처는 사람을 배우는 과정입니다.

한다면 "사람을 미워하는 건 너의 행복한 감정과 시간을 빼앗기는 행동이야. 누군가를 미워하는 일에 너무 에너지를 쏟지 말자."라고 대답하는 편입니다.

저도 어릴 적엔 나에게 맞지 않는 사람이라는 이유로 미워하며 소중한 시간을 분노에 빼앗기며 살았었습니다. 하지만 누군가를 미워하는 게 무의미한 일이라는 걸 알고 나서는 더 이상은 미움이라는 감성에 감정을 소비하지 않고 있습니다.

당신 또한 이 과정을 겪고 있다면 미움이라는 감정의 부정적인 요소를 다시 생각해 보셨으면 좋겠습니다. 부정적인 색안경을 쓰며 스트레스를 받기보단 나와 결이 다른 사람이라는 이해심을 가지며 천천히 거리를 두는 게 어떨까요? 그런 마음으로 살아간다면 지금 관계에서 받는 스트레스를 절반 이상 줄일 수 있을 것입니다.

앞으로는 누군갈 미워하지도, 그것에 우울해하지도 않았으면 좋겠습니다. 그리고 기억해 두세요. 남들도 이런 부족한 나를 이해해 주고 있다는 사실을.

바라는 마음부터 버리세요

　대부분의 상처는 바라는 마음에서부터 시작됩니다. 내가 상대방을 소중하게 생각하는 만큼 상대방도 나를 소중하게 생각해 주었으면 하는 욕심 때문에, 생일을 챙겨주었으니 상대방도 내 생일 챙겨주었으면 좋겠다는 바람 때문에 우린 서운함을 느끼고 그것들이 마음속에 차곡차곡 쌓여 상처로 남게 됩니다. 타인으로부터 상처를 받지 않는 방법을 모를 뿐, 상처를 받고 싶은 사람은 없을 겁니다. 이런 굴레를 벗어나기 위해선 먼저 보상 심리를 떨쳐내야 합니다.

　누군가에게 선의의 행동과 선물을 건넬 땐 대가를 바라지 않는 게 좋습니다. 만일 돌아오는 게 없이 나 홀로만 노력하고 애쓰는 것 같

45
사람에게 받은 상처는 사람을 배우는 과정입니다.

다고 판단된다면 지금의 선행과 노력을 멈추는 게 좋습니다. 그렇게 지내다 보면 핸드폰에 무의미하게 자리를 차지하고 있던 사람들이 정리가 되고 사람으로 받는 상처도 점차 줄어들게 되어 정말 나에게 중요한 소수의 사람들만 남게 될 겁니다.

진정한 친구 한 명이 일당백을 한다고 하듯 인간관계는 지혜롭게 응축시키는 게 중요합니다. 나 혼자 밑 빠진 독에 물 붓기 같은 행동을 지속한다면 차후엔 사람과의 교류자체가 무의미하게 느껴질 겁니다. 그 상황이 오지 않도록 앞으로는 누군가에게 선물을 건넬 때 대가를 바라지 마세요. 당신의 호의는 대가가 없을 때 가장 아름답습니다.

내가 아니면 누가 나를 챙겨줄까

당신은 모든 면에서 성장하고 있습니다

미래에 대한 불안감과 타인보다 부족한 모습에 자신이 초라하게 느껴질 때가 종종 있습니다. 저 또한 주변에 글을 잘 적으시는 작가님을 보면 난 어려운 단어도 못 쓰고, 예쁘게 표현하지도 못하는 사람이라며 스스로를 무능력한 사람으로 치부하곤 했습니다. 그렇게 자포자기를 했을 때, 예전에 적은 글부터 현재의 글까지 다시 읽게 되었고 처음에 적었던 글과는 다르게 많은 독자님들에게 사랑을 받고 있다는 걸 알게 되며 비교는 타인과 하는 게 아닌 나의 옛 시절과 하는 것이라는 걸 알게 되었습니다.

자신이 부족하다 느껴지는 이유는 현재의 내 모습을 제일 잘해내

사람에게 받은 상처는 사람을 배우는 과정입니다.

는 사람들과 비교하기 때문입니다. 욕심을 버리고 옛 모습과 지금의 나를 비교해 보세요. 지금까지 많은 걸 이룬 당신입니다. 포기하지 않고 열심히 살아가는 당신이 스스로를 초라하게 만들지 않았으면 좋겠습니다. 당신은 어릴 때보다 외면도 내면도 아름다워지고 멋있어졌습니다. 자신이 부족한 사람이라고 느껴질 때 한 가지만 기억하세요.

나는 모든 면에서 성장하고 있다는 사실을요. 당신의 뿌리는 지금도 깊게 자리를 뻗어가고 있습니다.

내가 아니면 누가 나를 챙겨줄까

결국 훌륭한 사람이 되고 말 겁니다

나보다 좋은 능력을 갖춘 사람을 바라보면 자연스레 부러운 마음이 생기곤 합니다. 그런 마음을 동기부여로 삼아 나를 이끄는 원동력으로 생각한다면 최고겠지만, 몇몇 사람들은 상대방이 나보다 능력이 좋다는 이유 하나만으로 시기질투를 하며 상대를 헐뜯기도 합니다.

이해는 하지만, 더 이상 그런 생각을 가지지 않았으면 좋겠습니다. 부러운 마음을 참지 못한다면 열등감은 분노로 변질되어 결국 나 자신을 비참하게 만들고 맙니다. 그러니 부러운 사람을 미워하며 질투하기보단 '나도 곧 저렇게 되고 말 거야.'라는 마음을 가지며 현재에 최선을 다하길 바랍니다. 그 사람이 당신보다 능력이 좋은 이유는 이

사람에게 받은 상처는 사람을 배우는 과정입니다.

미 실패의 시기를 수도 없이 겪으며 성장했기 때문입니다. 지금처럼 꾸준히 나아간다면 당신도 결국 원하는 걸 쟁취하는 사람이 되고 말 겁니다.

다시 한번 말합니다.

상대방과의 비교로 인해 자신을 비참하게 만들지 마세요. 당신은 지금 부러워하는 사람보다 더 훌륭한 능력을 가진 사람이 될 수 있습니다. 불안한 건 잘하고 있다는 뜻이니 앞으로 더 나아질 겁니다. 너무 걱정하지 마세요.

최고의 복수

고등학교 때 제과제빵에 흥미를 가지게 되어 자격증을 취득하기 위해 학원을 등록하게 되었고, 3달 동안의 교육과정을 이수하고 바로 시험 접수를 하게 되었습니다. 시험 등록을 한 사실을 학원 선생님에게 말씀드리니 "현태야, 보통 애들 6개월 다녀도 자격증 시험에서 떨어지곤 해. 넌 내가 보기에 1년은 다녀야 합격할 거 같은데."라고 말씀을 하셨고 선생님은 제게 하신 말을 부모님에게도 똑같이 전달했다고 하셨습니다.

전 그렇게 말하는 선생님의 태도에 화가 났지만 선생님의 생각이 틀렸다는 것을 입증하고 싶은 마음이 들었기에 크게 감정을 드러내

사람에게 받은 상처는 사람을 배우는 과정입니다.

지 않고 묵묵히 시험을 준비했습니다. 실제로 그 사건으로 사력을 다 해야겠다는 동기부여를 가지게 되었고 결국 제과기능사 자격증과 제 빵기능사 자격증 2개를 한 번에 취득하게 되었습니다. 그런데 문득 이런 생각이 들더군요.

'합격했다는 소식을 선생님에게 굳이 전해야 할까?'

결국 선생님에게 합격 사실을 알리지 않았고 시간이 흘러 같이 학 원을 다닌 친구의 말을 듣게 되었습니다. 그 선생님은 저의 합격 소 식에 아무 말씀도 못하셨다고 하더군요. 그 말을 들으니 이런 생각이 들었습니다. 내가 해내지 못할 거라 생각하는 사람에게 하는 가장 큰 복수는 아무 말 없이 해내는 거라는 걸.

나의 도전에 부정적인 태도를 보이는 한 사람 때문에 스트레스를 받기보단 내가 할 수 있다는 걸 보여 준다는 생각으로 동기부여를 가 지면 우린 상상 이상의 에너지를 가질 수 있습니다. 그 사람에게 과 정이 아닌 결과를 보여 주는 것이 가장 좋은 복수입니다. 그러니 타 인의 말에 신경 쓰지 말고 직접 해내는 모습을 보여 주도록 하세요.

나쁜 말을 하는 사람에게 감정적으로 대하며 망가지지 않아도 됩 니다. 당신의 길을 묵묵히 걸으면 무엇이든 할 수 있습니다.

서운하다는 말

저는 주변 사람들이 서운하다는 말을 건넨다면 미안한 감정이 들기도 하고 한편으론 고마운 마음이 들기도 합니다. 그 이유는 서운한 감정이란 나를 소중하다고 생각할 때 들기 때문입니다. 그래서 누군가가 서운하다는 말을 건넨다면 고마운 마음으로 스스로를 되돌아보며 그 사람과 함께하는 시간을 늘리는 편입니다. 이런 태도를 가지고 나선 주변 사람들에게 서운하다는 말을 듣지 않게 되었습니다.

당신도 한 번쯤 생각해 봤으면 좋겠습니다. 누군가가 나에게 서운하다는 마음을 표현한다는 건 자신의 마음 한편에 자리 잡았던 사람이 빠져나가는 듯한 느낌이 들기 때문에 건네는 말일 겁니다. 그런

사람에게 받은 상처는 사람을 배우는 과정입니다.

진심이 담긴 말에 과연 짜증을 부리는 게 맞는 건지 생각해 봐야 합니다.

만일 자신이 필요할 때만 찾는 사람이라면 무시해도 좋습니다. 하지만 평상시에 늘 나에게 진심이었던 사람에게 서운하다는 말을 듣는다면 더 많은 다정함을 발휘하셔야 합니다.

서운하다는 말을 '네가 내겐 너무 소중한 사람이야.'라는 말과 같다는 걸 꼭 기억하세요.

좋은 사람을 만나야 하는 이유

많은 사람들이 제게 "타인에게 좋은 사람이 되려면 어떻게 해야 좋을까요?"라는 질문에 "좋은 사람을 만나면 돼요."라고 답변을 드립니다. 그 이유는 마치 세탁기에 검은색 옷과 흰옷을 같이 세탁을 하면 물드는 것처럼 주변 환경으로 인해 우리도 서서히 사람에게 물들어 가기 때문입니다. 처음부터 나쁜 사람과 착한 사람으로 태어나지는 않습니다. 다만, 사람은 자라온 환경과 주변 사람의 말투와 행동에 영향을 받게 됩니다. 그러니 너무 어렵게 생각하지 말고 지금부터 주변에 좋은 영향을 주는 사람으로 채워 나아가 보세요. 그러다 보면 결국 당신도 그런 사람이 되고 말 테니까요.

사람에게 받은 상처는 사람을 배우는 과정입니다.

인간관계는 거울과 같습니다

'처음엔 우리 관계가 이렇지 않았는데..'

이런 생각을 한 적이 있을 겁니다. 다툼 없이 좋은 관계로 지내온 사람이었지만 어느 순간 다른 사람 앞에서와 내 앞에서의 모습이 다른 걸 보면 딜레마에 빠지게 되죠. 이런 경험을 겪었던 사람들에게 이 말을 건네주고 싶습니다.

만일 한 친구가 나에게만 좋지 않은 모습을 보인다면 자신의 모습을 돌아보는 계기로 삼아야 합니다. 인간관계는 거울과 같습니다. 이유 없이 변하는 사람은 없습니다. 누군가가 나에게 좋지 않은 태도를 보이는 이유는 분명 내가 먼저 상대방에게 좋지 않은 태도를 보였기 때문이라고 생각합니다. 물론 100%는 아니겠지만, 그런 상황이 찾아오면 갑작스럽게 변한 친구를 의아하게 바라보기보단 나의 모습을 되짚으며 그간의 일을 상기해 보세요. 그리고 대화를 요청하면 됩니다. 친구와의 관계를 되돌이키고 싶다면 내 단점을 고치기 위해 노력해야 합니다.

사소한 언행으로 소중한 친구들을 잃지 않기 위해 더 신중하고 조심스럽게 행동하세요. 나만 좋은 사람이라는 착각에 빠지면 안 됩니다. 우리도 분명 모난 점이 하나쯤 있을 겁니다.

사람에게 받은 상처는 사람을 배우는 과정입니다.

'쟤 착해'라는 말의 모순

　나의 선행에 고맙다는 말을 해준다면 도움을 주었다는 희열감에 행복을 느끼기도 합니다. 선한 사람은 상대가 도움이 필요할 때 나를 찾아 준다는 걸 기뻐하며 할 일이 있음에도 불구하고 타인의 일을 먼저 처리해 주곤 하지만 자신에게 피해가 오는데도 타인을 우선시 여기면 혼자서 피해를 보는 상황만을 불러일으키게 됩니다.

　영악한 사람은 시간이 지나면서 당신의 도움을 고마움이 아닌 당연함으로 치부하며 지속적으로 부탁을 하게 될 것입니다. 삶에 지장을 주는 부탁에도 불구하고 이미 타인에게 도움을 주는 게 익숙해진 사람은 거절도 못하게 되고 서서히 지치게 됩니다.

과거에 주변 사람이 돈을 빌려달라고 하거나 제 능력이 필요한 부탁을 할 때 돈과 시간을 포기하면서 도와준 적이 있습니다. 그 이유는 상대를 믿고 애정 했기 때문입니다. 하지만 그들은 연락이 두절되거나 권리인 듯 부탁을 지속해 왔습니다. 처음엔 신뢰를 깨버리고 마음에 상처를 남긴 지인을 원망하고 미워했지만 시간이 지난 지금 이 시점에서 생각해 보면 타인을 우선적으로 생각한 저의 잘못도 있다고 생각합니다.

　타인의 부탁을 적당히 들어주며 뿌듯함을 가지는 것도 좋지만 모든 부탁을 들어주며 내 인생을 놓치지 마세요. 주변에서 말하는 "재착해~"라는 말은 어쩌면 호구라는 말일 수도 있으니까요.

사람에게 받은 상처는 사람을 배우는 과정입니다.

나에게 상처를 주는 말을 한다면 생각해 봐야 하는 4가지

1. 내게 중요한 사람인지.

2. 내게 좋은 영향을 주는 사람인지.

3. 내가 잘됐을 때 기뻐해 주는 사람인지.

4. 이기적인 행동을 하지 않는지.

누군가가 나에게 상처 주거나 무시하는 말을 했을 때 스스로를 탓하게 되면 자존감은 점점 낮아지게 됩니다. 그런 과정이 축적되면 자신감이 사라져 난 못한다는 생각에 쉽게 사로잡히게 됩니다. 저 또한 그랬습니다.

어릴 적부터 주변 사람들에게 많은 충고와 지적을 받고 자라난 탓에 자존감은 항상 바닥을 쳤고, 새로운 것이라면 지레 겁을 먹고 주변 사람들의 눈치를 보며 도망가기 바빴습니다.

그러던 어느 날 제 자신에게 물었습니다

'내가 잘하는 게 하나도 없을까?'

그 의문점을 풀어내기 위해 혼자 해외여행을 떠났고 어렵게만 느껴졌던 것을 해낸 모습이 대견해 스스로에게 칭찬을 해주며 지속적으로 혼자 할 수 있는 도전을 이어갔습니다. 그런 과정을 통해 바닥까지 떨어진 자존감은 차근차근 올라가기 시작했고 지금은 주변사람의 말에 휘둘리지 않는 굳건한 사람이 되었습니다. 저와 같은 상황을 겪고 있다면 한 번쯤 생각해 봤으면 좋겠습니다.

과연 그 사람이 내게 중요한 사람인지, 나를 무시하지 않는 사람인지, 내가 잘 됐을 때 기뻐해 주는 사람인지 말이죠. 만일 내게 중요하지도 않고 못된 말만 하며 잘됐을 때 운이 좋았다고 치부하는 사람이라면 당신에게 전혀 도움이 되지 않은 사람이라고 여겨도 됩니다. 그 사람과의 관계를 지속한다면 당신의 자존감은 소리 없이 사라질 테니까요.

사람에게 받은 상처는 사람을 배우는 과정입니다.

나를 소중히 여기는 사람

고등학교 시절, 부모님에게 한 달 주기로 용돈 5만 원을 받았습니다. 그 돈으로 핸드폰 비용과 교통비를 지불하고 나면 여윳돈이 남지 않아 주변 친구들과 함께 놀 때 항상 해야 할 일이 있다며 집으로 향하곤 했죠. 그러다 보니 산책과 농구 같은 돈이 필요하지 않은 자리에만 참석하며 지냈습니다. 그러던 어느 날 한 친구가 제게 물었습니다.

"너랑 밥도 먹고 노래방도 가고 pc방도 가고 싶은데 왜 맨날 빠져?"
"미안, 그동안 내가 말을 하지 않는데 난 그럴 돈이 없어."

친구는 서슴없이 "내가 내줄게"라는 답을 해주었습니다. 그 말을 듣고 놀라 순간적으로 "돈이 많나? 아니면 호구인가?"라는 생각을 했지만 그 친구 또한 저보다 용돈을 조금 더 받을 뿐, 그렇게 돈이 많은 건 아니었습니다.

처음엔 친구가 해주는 것들이 고맙게 느껴졌지만 시간이 지날수록 조금씩 친구가 호의가 부담으로 느껴졌습니다.

"나한테 이렇게 돈 쓰면 너 쓸 돈이 없는 거 아니야? 안 아까워?"
"난 돈보다 우리 관계가 중요해서 괜찮아."

그 말을 듣고 뭔가를 바라서 하는 게 아닌 오로지 관계만을 위해 호의를 베풀 수 있다는 사실을 알게 되었습니다.

이처럼 누군가가 아무 말 없이 계산을 하거나 평범한 날에 작은 선물을 건넨다면 그 사람은 호구나 돈이 많아서가 아닌 당신을 소중하게 여기는 사람이니 상대의 따스한 마음을 의심하지 말고 감사하게 생각해 주어야 합니다.

오래 유지될 관계라면 분명 보답할 시간이 있을 테니 나를 소중하게 여기는 사람에게 보답하는 마음을 항상 가지세요. 이 삭막한 세상에서 나를 위해주는 사람은 진짜 몇 없습니다.
온기는 마음에 오래 남는 법이니까요.

사람에게 받은 상처는 사람을 배우는 과정입니다.

당신은 하루하루 성장하고 있습니다

　홍미를 가졌던 일을 다른 사람과 동일하게 시작하더라도 실력의 차이가 날 때가 있습니다. 그러다 보면 자신보다 잘하는 사람에게 질투와 시기를 느끼기도 하죠. 한때 저도 그랬습니다. 같은 길을 걸어가는 사람이 아닌 적들이 많다는 생각이 머릿속에 가득했지만 직장에서 한 사람을 만나고 난 후 저의 생각은 180도 달라지게 되었습니다. 그 사람은 저보다 실력도 경력도 뛰어난 사람이었습니다. 상대의 실력에 초라함을 느꼈지만 그는 자신에 비해 부족한 저를 무시하지 않고 배려하며 진심 어린 피드백을 주곤 했습니다.

　"누구에게나 장점이 있기 마련이야. 네가 나에게 배울 점이 있듯 내가 너에게 배울 점도 있는 거야."

이 말을 듣고 제 자신이 너무 부끄러웠습니다. 나보다 잘한다는 이유로 사람을 미워하다니, 정말 성숙하지 못했죠. 그 이후부터 저는 실력이 좋은 사람에게 배울 점을 찾기 시작했고 누군가를 미워하거나 질투할 필요도 없이 제가 부족한 부분을 상대방으로 인해 채워 나가며 안정적으로 성장할 수 있게 되었습니다.

완벽해 보이는 사람일지라도 부족한 점은 있기 마련입니다. 나보다 조금 더 나은 실력을 가졌다고 상대방을 시기하기보단 배울 점이 있다 생각해 보세요. 그런 생각을 가지며 살아간다면 우린 지금보다 몇 배는 지혜롭게 성장할 수 있습니다.

비교는 타인이 아닌 부족했던 나의 모습과 하도록 해요.

사람에게 받은 상처는 사람을 배우는 과정입니다.

가까운 사람에게 지켜야 할 예의

1. 고마운 일에 고맙다고 말하기

2. 미안한 일에는 제대로 사과하기

3. 약속한 건 꼭 지키기

4. 호의를 당연함으로 치부하지 않기

5. 가까운 사이라고 나의 모든 부분을 이해할거라 생각하지 말기

6. 가까운 사람이기에 더 신중하고 조심스럽게 행동하기

7. 가끔씩이라도 꼭 연락해 주기

8. 익숙함에 속아 소중함을 잃지 않기

9. 그 사람과 함께하는 모든 순간을 특별한 날이라고 생각하기

10. 지금 생각나는 그 사람에게 연락해 보기

내가 아니면 누가 나를 챙겨줄까

이해가 안되는 사람이 있을 때 가져야 할 마인드

1. "아 그럴 수도 있겠다."

2. "내가 틀렸을 수도 있겠다."

3. "네 생각이 오히려 좋다."

4. "나랑 생각이 다른 사람이네."

5. "남들도 나를 이해 못하지만 존중해 주는 거였구나."

6. "굳이 신경 쓰지 말아야지. 어차피 오래 볼 사람 아니니까."

사람에게 받은 상처는 사람을 배우는 과정입니다.

행복과 슬픔의 비중

누군가와 관계를 만들고 거리가 좁혀지게 되면 크고 작은 다툼이 생기기도 합니다. 잦은 충돌은 상대방과 맞지 않다는 생각을 만들고 작은 일에도 쉽게 오해를 만듭니다. 그렇게 부정적인 감정을 키워나가다 보면 결국 관계를 정리하는 상황을 초래하게 되는데, 그전에 한 가지만 생각해 보셨으면 좋겠습니다. 미운 감정 하나로 그동안 함께한 모든 추억을 무마시키는 건 아닌가 하고요.

물론, 소중한 기억보다 미운 감정의 비중이 큰 관계는 좋지 않은 관계겠지만 만일 미운 감정이 행복의 비중보다 적다면 다툼의 시간은 서로의 다른 부분을 맞춰가는 시간일 겁니다. 서로 자라난 환경이 다르기에 우리는 다를 수밖에 없습니다.

　누구를 만나더라도 한 번에 완벽해지는 관계는 없습니다. 조금씩 맞춰가며 행복의 비중을 늘려갈 뿐이죠. 그러니 작은 다툼에 감정이 상하게 된다면 한 번쯤 관계의 행복과 슬픔의 비중을 생각해 보셨으면 좋겠습니다. 작은 일 하나에 무너지는 인간관계가 너무 많은 요즘, 관계를 귀하게 여기는 마음이 결국 좋은 관계를 만들어 줄 겁니다. 종잇장 같은 관계는 삶에 공허함만 남길뿐, 아무런 도움이 되지 않습니다.

사람에게 받은 상처는 사람을 배우는 과정입니다.

지금 당장 고쳐야 하는 태도

1. 쉽게 비교하는 것
2. 습관처럼 험담을 하는 것
3. 다른 사람의 눈치를 보는 것
4. 사소한 것에 열등감을 가지는 것
5. 쉽게 남의 외모를 평하는 것
6. 나의 생각을 타인에게 강요하는 것
7. 지나친 이해를 바라는 것
8. 배려를 당연하다 치부하는 것

내가 아니면 누가 나를 챙겨줄까

잘하기 위해선 두려움을 버려야 합니다

어릴 적 부모님과 함께 바다에 놀러 갔을 때 튜브 없이 맨몸으로 수영을 하는 사람들을 보며 수영을 잘하는 사람이 되고 싶다는 생각을 했던 적이 있습니다. 집으로 돌아가는 길에 부모님에게 수영을 배우고 싶다고 조심스럽게 말씀을 드렸고 제 말을 들은 부모님은 집 근처에 있는 수영 강습권을 흔쾌히 끊어주셨습니다. 설레고 기다리던 첫 강습을 들으러 간 전 생각과는 다르게 깊은 수심을 보곤 그 자리에 얼어붙고 말았습니다. 사색이 돼있던 저를 지켜보던 강사님이 천천히 안으로 이끌어주셨지만, 물이 무서웠던 저는 쉽사리 용기를 내지 못했습니다.

사람에게 받은 상처는 사람을 배우는 과정입니다.

그러자 강사님께서 구명조끼를 들고 다가와 이렇게 말씀했습니다.

"물이 무서워요? 근데 막상 들어가면 무서운 마음이 금방 사라져요. 그럼 저 멀리까지 헤엄칠 수 있어요. 한번 해볼까요?"

강사님의 말씀에 힘입어 두려움을 이겨내며 조금씩 수영을 배우기 시작했습니다. 막상 적응하니 두려운 것보다 즐거운 마음이 훨씬 많이 들더군요. 그때 성취라는 걸 처음 알게 된 것 같습니다.

모든 도전이 마찬가지입니다. 수영을 잘하려면 물을 무서워하면 안 되듯, 무엇인가를 잘하기 위해선 두려움을 버리고 할 수 있다는 생각과 발을 뻗는 용기를 가져야 합니다. '난 안 돼. 난 못 해.' 같은 부정적인 생각은 성장을 저하하는 행동입니다. 그런 부정을 떨쳐내고 할 수 있다는 자기 확신을 통해 실행까지 한다면 그 어떠한 일도 충분히 잘 해낼 수 있습니다. 그러니 앞으로 헤쳐나가야 할 일에 지레 겁을 먹기보단 끊임없이 긍정을 떠올리며 스스로를 응원을 해주세요. 진짜 실패는 할 수 있는 대로 불구하고 시도하지 않은 것입니다.

내가 아니면 누가 나를 챙겨줄까

힘든 일이 생긴다면 이렇게 생각해 보세요

지독한 불행을 겪을 때면 '너무 힘들다.' '다 내려놓고 싶다.' 같은 말이 절로 나오기도 합니다. 당장 해결하기엔 너무 큰일이라 생각해 체념을 해버리고 마는 것이죠. 이때 사람은 그 상황을 긍정적으로 이겨낼지, 힘든 고통 속에 고립될지 선택하게 됩니다. '오히려 좋아.'라는 마인드로 불행을 이겨내는 방법을 물색한다면 좋겠지만 풀리지 않는 상황에 망연자실하며 부정의 늪으로 빠지는 사람이 참 많습니다.

말에는 힘이 있습니다. 힘들다 힘들다 하면 더 힘들어지니 차라리 이 세상이 당신에게 굴복할 수 있도록 '네가 이기나 내가 이기나 한번 해보자.'라는 마음가짐으로 이를 더 악물어보세요. 지금 힘든 상황을

사람에게 받은 상처는 사람을 배우는 과정입니다.

이겨낸다면 차후에 같은 일이 벌어지더라도 쉽게 무너지지 않을 수 있습니다.

독기를 품으면 사람은 무엇이든 할 수 있다 합니다. 지금 죽을 것 같으면 오히려 주먹을 쥐고 의지를 다져보세요. 인생은 승리한 경험으로 단단해지기 마련입니다.

내가 아니면 누가 나를 챙겨줄까

하고자 한다면 말이 아닌 행동으로 옮기세요

여름휴가 때 기차 예약 실수로 11만 원을 증발시킨 적이 있습니다. 옆에 있던 친구는 "현태야, 어떡해. 괜찮아?"라고 물었지만 전 "이제 더 좋은 일이 생길 거야, 오히려 좋아."라는 말을 했습니다. 돈이 아깝지 않아서 그런 말을 한 게 아니라 이미 벌어진 일을 돌이킬 수 없고, 이 경험을 토대로 다신 같은 실수를 반복하지 않겠다는 생각이 들었기 때문이죠.

그런 제 모습에 친구는 신기하다는 말을 했지만 저도 원래부터 이런 성격은 아니었습니다. 어릴 적부터 대학교 생활까지 저의 별명은 시골 소년이었습니다. 그 이유는 사소한 실수에도 자책을 하고 일어

사람에게 받은 상처는 사람을 배우는 과정입니다.

나지도 않은 일에 걱정하며 잠을 설치는 소심한 사람이었기 때문입니다. 그런 성격으로 살다 보니 스스로 답답함을 느끼게 되었고 주변에 당찬 사람들의 태도를 배우며 조금씩 마인드를 바꾸기 시작했습니다. 솔직한 감정을 표현하고, 긍정적으로 살다 보니 소극적인 생각은 거의 사라지게 되었고 내면에 자리 잡고 있던 작은 아이도 어느새 멘탈이 강인한 성인으로 성장해 있더군요.

성격을 바꾼 경험으로 한 가지의 사실을 깨닫게 되었습니다. 마음에 들지 않는 성격을 바꾸고 싶다면 말로만 하지 말고 실질적인 행동을 해야 한다는 걸 말이죠. 사람들은 보통 "난 혈액형이 이래서, 난 mbti가 이래서, 난 가정환경이 이래서." 같은 말로 변명을 하지만 그건 다 핑계라고 생각합니다. 진심으로 마인드를 바꾸고 싶다면 주변 환경을 바꾸고 작은 것이라도 실행하셔야 합니다. 작은 시도가 나비효과가 되어 큰 변화를 만드니 조급해하지 않고 천천히 해 나아가다 보면 서서히 바뀌는 나를 보실 수 있을 겁니다.

말보다는 행동이 중요합니다.

핑계는 자신의 성장을 막는 지름길입니다

첫 책을 출간하기 전 이런 기대감을 가졌습니다

'이제 책이 나오면 작가가 본업이 되고 많은 사람들이 내 책을 좋아해 주겠지?'

하지만 현실은 그렇지 않았습니다. 생각보다 저조한 책 판매량을 맞이한 순간 희망 가득한 생각들이 산산조각 나 날카로운 파편이 되어 마음에 꽂혔고 그로 인해 허망감을 느끼며 '출판사가 책 홍보를 하지 않았기 때문에 이런 결과를 맞이한 거야.'라는 핑계를 만들어 모든 화살을 출판사로 돌렸습니다.

사람에게 받은 상처는 사람을 배우는 과정입니다.

앞으로 글을 계속 적어야 하는 게 맞는지에 대해 고민을 하다 베스트셀러 top10에 올라있는 한 책을 보게 되었고 도대체 어떤 마케팅을 했길래 좋은 결과를 보였을까 하는 생각에 책에 대한 정보를 알아보기 시작했습니다. 그 책에 적혀있는 출판사를 검색해 보니 예상과는 다른 작은 독립출판사였고, 독립출판을 했음에도 불구하고 베스트셀러 top10에 올라갈 수 있었던 이유는 작가가 책에 많은 노력과 정성을 쏟아부었기 때문이라는 걸 알았습니다. 그 뒤로 출판사를 탓하는 바보 같은 행동을 멈추었습니다. 핑계를 대는 것을 멈추고 나니 나에게 부족한 부분이 무엇인지 명확히 보였고 그 부분을 채워 넣으며 예전보다 크게 성장하며 판매율도 올릴 수 있었습니다.

핑계는 자신의 성장을 멈추게 하는 멍청한 행동이라고 생각합니다. 우리는 핑계를 대기보다 부정적인 상황을 받아들이며 자신의 문제점을 되짚어봐야 합니다. 자신의 문제없이 벌어지는 실패는 없습니다. 책임을 회피하고 싶기 때문에 남 탓을 하는 것일 뿐, 자신의 문제점을 파악하지 못하면 나이가 들어서도 늘 같은 자리에 고착되고 맙니다. 지금 자리에 고이고 싶지 않다면 남 탓을 하며 핑계를 찾기보단 나의 잘못된 행동을 찾도록 하세요. 승자는 자신의 결점을 찾고 보완하는 사람입니다.

나 자체로 화려한 삶

　쉬는 날에 스트레스를 풀기 위해 전시회를 자주 가는 편입니다. 전시회를 가보면 사진 촬영이 가능한 곳도 있지만 주변 사람들에게 피해를 주거나 플래시로 작품이 망가져 사진 촬영이 불가능 한 곳도 있습니다. 사진 촬영이 불가능한 곳에서는 사람들이 눈으로만 작품을 감상하기에 고요한 분위기지만 사진 촬영이 가능한 흔히 말하는 '인스타 감성 전시회'에서는 작품을 조용히 관람하기보단 예쁜 작품을 배경으로 인생 사진을 찍기 위해 수십 명의 사람들이 줄을 서곤 합니다.

　그런 모습을 보며 과연 화려한 배경이 우리를 아름답게 비추어주

사람에게 받은 상처는 사람을 배우는 과정입니다.

는가에 대해 생각하게 되었습니다. 예를 들어 페이스북 창시자인 저 커버그는 같은 옷을 여러 벌 구매해 늘 같은 옷을 입지만 사람 자체가 화려하기 때문에 명품으로 치장하지 않아도 멋있는 사람으로 보입니다.

우리는 살아가면서 인간관계, 브랜드, 차, 집을 의식하며 좋은 것만 추구하지만 자신의 가치를 상승시킨다면 그 어떠한 상황 속에서도 내 모습이 멋있게 비추어질 것입니다. 그러니 뒷배경이 찬란해서 내가 아름다워지는 상황보다 내가 찬란해서 뒷배경이 아름답게 보여지는 삶을 살아가도록 하세요.

배경은 말 그대로 배경일 뿐입니다.

행복과 불행의 차이

    한 뉴스에서 길거리 노숙자에서 유명한 성우가 된 사람의 이야기를 보았습니다. 어릴 적 가난한 생활로 인하여 결국 노숙자가 되었지만 그는 삶에 대해 불평하기보단 자신이 어리석었다는 깨달음을 얻고 어릴 적 꿈꾸던 성우의 길을 걷고 싶다는 생각에 길거리에서 사람들에게 자신의 목소리를 알리며 생활하고 있었습니다. 우연히 그 소식을 들은 한 뉴스 기자는 '얼마나 목소리가 좋길래'라는 생각으로 돈을 지불하였고, 그의 황홀한 목소리에 놀라 인터뷰를 진행하게 되었습니다. 인터뷰 중 가장 기억에 남는 대화가 있습니다.

    "이런 환경 속에서 살아가는 게 힘들지는 않은가요?"

사람에게 받은 상처는 사람을 배우는 과정입니다.

"내 목소리를 사람들에게 들려주는 게 저에게 가장 큰 기쁨이라 저는 행복합니다."

그 말에 감명을 받은 기자는 집으로 돌아가 인터뷰 영상을 유튜브에 업로드하고 뉴스에 기사를 실었습니다. 그 후 남자는 많은 사람들에게 관심을 받게 되어 각종 방송사와 오디오에 출연 제의를 받게 되었고 꿈에 그리던 성우가 되었습니다. 기자가 다시 남자를 찾아가 물었습니다.

"지금은 좀 어떤가요?"
"더 많은 사람에게 제 목소리를 들려줄 수 있어서 행복해요."

이 영상을 보고 행복은 그다지 멀리 있지 않다는 걸 알았습니다. 행복과 불행은 생각의 차이일 뿐 그 이상 그 이하도 아닙니다. 삶을 불평하는 당신에게 말해주고 싶습니다. 그 어떠한 환경에 살아가든, 어떤 직업을 가지든 사람들은 불평을 합니다. 하지만 행복은 직업, 환경이 아닌 바로 자신의 마음가짐입니다. 그러니 큰 행복을 좇기보단 현재 누리고 있는 것을 행복이라 여기며 살아가세요. 작은 행복을 아는 사람에게 더 큰 행복이 찾아오게 되니 당신의 삶을 불행한 삶이라고 여기지 않았으면 좋겠습니다. 당신은 충분히 행복한 삶을 살고 있고, 지금보다 더 행복해질 것입니다. 누리고 있는 것을 당연시 여기지 마세요.

자신의 단점을 장점으로 이용해보자

　최근에 한 TV 프로그램을 보다 30대의 가발 사업자의 이야기를 듣게 되었습니다. 그분은 어릴 적부터 탈모가 유전이라 20살부터 머리가 빠졌고, 사람들에게 놀림을 당한 탓에 남들 앞에서 늘 자신감이 떨어지는 성격으로 살아갔다고 합니다. 그러던 어느 날, 가발을 착용해서라도 떨어진 자신감을 회복하고 싶은 마음에 자신에게 맞는 가발을 제작 주문을 했다고 합니다. 그렇게 만든 가발을 통해 떨어졌던 자신감을 회복하며 자신과 같은 고충을 가진 사람들에게 가발을 만들어주자고 생각한 그는 현재 가발 사업으로 다양한 프로그램에 출연하며 큰 성공을 이루어낸 사람이 되었습니다.

사람에게 받은 상처는 사람을 배우는 과정입니다.

우리에게도 남들이 모르는 단점과 콤플렉스가 있습니다. 그 단점으로 가끔 자신을 미워하기도 하지만 그것을 기회로 더 나은 사람이 될 수 있다는 걸 알았으면 좋겠습니다. 이 세상에 완벽한 사람은 없고 누구에게나 단점이 있습니다. 단점이 없어 보이는 사람은 자신의 단점을 잘 활용하여 장점으로 승화시켰기 때문입니다. 그런 사람에게선 단단한 기운이 느껴집니다. 그러니 나의 단점을 바라보며 슬퍼하거나 불평불만을 가지기보단 그것을 장점으로 승화시킬 수 있는 방법을 생각해 보세요.

단점은 개선의 여지가 있는 부분이지 절대 약점이 아닙니다.

모든 건 내가 생각하기 나름입니다.

목적지만을 바라보세요

지난 번 책은 베스트셀러 top10에 들지 않았지만 1년이 넘도록 꾸준히 독자님들의 사랑을 받는 책이 되었습니다. 때때로 많은 독자님들의 사랑을 받는 책을 보며 부럽다는 생각과 감탄을 하곤 하지만 제가 부족하기 때문이라는 생각은 하지 않는 편입니다. 그 이유는 타인의 능력에 주눅 들기보단 명확한 제 목적지 만 바라보기 때문입니다. 자신의 부족함을 느끼는 건 주변 사람이 아니라 세상의 잣대에 나를 갖다대기 때문입니다. 주변 사람을 잣대로 두면 생각보다 당신이 잘하는 것이 두드러지게 느껴질 겁니다.

1등을 해야 인정받은 세상이지만, 굳이 1등을 해야 잘한다는 평을

사람에게 받은 상처는 사람을 배우는 과정입니다.

받는 건 아닙니다. 각 분야에서 1등인 사람들도 다른 분야를 하면 순위권에 들지 못하니 말이죠. 조금 못하더라도 어떻게든 노력하는 사람이 더 멋있게 느껴지는 것 같습니다.

한 가지를 도전하다 벽을 느끼더라도 우울한 감정에 젖지 않고 지금처럼 묵묵히 목적지만을 바라보며 끈기와 성실함을 갖췄다면 반드시 목적지에 도달하고 말 겁니다. 지금 당장 성과가 나오지 않아도 목적지를 향해 꾸준히 나아가셔야 합니다.

인생에는 성공과 실패가 아닌 성공과 과정만 있을 뿐입니다.

당신도, 나도 할 수 있어요.

사람에게 받은 상처는 사람을 배우는 과정입니다.

2장

사랑과 이별의 상처는
추억과 경험으로 남겨보세요.

당신의 마음을 숨기지 않도록 해요

미안하고, 고맙고, 사랑하는 감정을 마음으로 생각은 하지만 입 밖으로 꺼내기 민망해 자신의 감정을 솔직하게 표현하지 못하는 사람이 있습니다. 저 또한 그랬던 사람이었습니다. 나의 감정이 부담스럽게 느껴질까 봐, 표현의 무게가 가벼워질까 봐, 백번 말하는 것보다 작은 행동이 더 중요하다고 생각이 들었기 때문이죠.

하지만 감정을 가슴 속에 숨기며 살다 보니 사랑하던 사람과 이별했을 때, 친한 친구와 예상치 못하게 관계가 끊어질 때, 할아버지와 할머니가 갑자기 돌아가셨을 때 사랑한다고, 미안하다고, 고맙다고 '평상시에 더 많이 해줄걸.'이라는 후회가 생기곤 했습니다.

사랑과 이별의 상처는 추억과 경험으로 남겨보세요.

이처럼 자신의 감정을 꼭꼭 숨겨두며 살아가는 사람들이 꼭 알아야 할 점이 있습니다. 우리는 영원하지 않다는 사실을 말이죠. 자신의 삶이 다할 때까지 함께해 주는 사람은 가족도 친구도 아닌 자기 자신밖에 없고, 그 누구도 예상치 못하게 주변 사람들은 하나둘 곁에서 떠나가고 말 겁니다.

소중했던 사람이 곁에서 떠나간 후에 '그때 조금 더 내 마음을 표현할걸, 그랬다면 이렇게까지 후회가 남지 않았을 텐데.'라는 생각에 갇혀 살아가고 싶지 않다면 표현할 수 있을 때 표현하도록 하세요. 화낼 때만 감정 표현을 하는 게 아닌 좋은 감정에도 표현을 할 줄 아는 사람이 되도록 하세요.

내 감정이 소중한 만큼
상대방의 감정도 소중합니다

감정과 기분을 숨기지 못하고 있는 그대로 드러내는 사람이 있습니다. 그 원인이 나와 전혀 상관이 없음에도 친하다는 이유 하나만으로 '오늘 예민해서 그래.' '감정 기복이 심해서 그래.'라며 상대에게 이해를 바라죠. 자신의 이미지를 포장하려고 하지만 그건 단순히 자기합리화에 불과합니다.

우리는 자라면서 다들 한 번쯤 사춘기를 겪는데, 그 시기에는 대부분 감정 기복이 심하여 부모님에게 반항하곤 합니다. 그렇지만 사춘기가 크게 오지 않는 사람도 있습니다. 이런 걸 보면 결국 사춘기도

사랑과 이별의 상처는 추억과 경험으로 남겨보세요.

변명이라고 생각합니다. 대부분 이 시기엔 감정 통제가 잘 되지 않더라도 이해를 해 주지만, 지금의 우리는 사춘기가 아닙니다. 이제부턴 자신의 예민함과 감정 기복이 심하더라도 기분을 조절하는 연습을 해야 합니다. 그저 언제나 상대방이 자신의 감정을 이해해 주기 바라며 지속적으로 토해낸다면 주변 사람들은 결국 곁에서 떠나가게 되고 말 것입니다. 그런 상황을 초래하지 않기 위해 자신의 감정이 온전치 않을 땐 누군가와의 만남과 대화를 자제하도록 하며 혼자만의 시간을 통하여 감정을 통제하도록 하세요. 자신의 감정이 소중하다고 여기는 만큼 상대방의 감정도 소중하다는 사실을 절대 잊지 말아야 합니다.

내가 아니면 누가 나를 챙겨줄까

사랑은 상처와 행복을 동시에 주는 것

사랑하는 사람 때문에 눈물이 흐른다면 내가 이런 사람과 관계를 형성했다는 것에 대해서 후회가 들기도 할 겁니다. 하지만 이런 생각을 하기 전에 과연 그 사람이 늘 슬프게만 하는지에 대해서 생각해보세요. 만일 번번이 슬프게만 하는 사람이라면 그 사람과의 관계는 과감하게 잘라내어야 하지만, 나를 가장 많이 웃게 해주는 사람이라면 지지고 볶고 싸우더라도 언제나 내 편이라는 걸 깨우쳐야 합니다.

나를 가장 많이 웃게 하는 사람이 나를 가장 많이 울게 하는 이유는 서로가 사랑하는 만큼 바라는 바가 많기 때문입니다. 사랑을 하다 보면 서로에게 가끔 실망과 상처를 주기도 하는 것이니 그 사람으로 인

사랑과 이별의 상처는 추억과 경험으로 남겨보세요.

해 눈물이 나온다면 안 좋았던 순간들과 단점만 생각하지 말고, 좋았던 추억을 생각해 보세요. 사랑이란 상처와 행복을 동시에 주는 것이니까요.

당신을 소중히 생각해서 그래요

20대 때 4년간 연애를 했던 사람에게 "나는 네가 이렇게 말할 때마다 너무 서운해."라는 말을 들었던 적이 있습니다. 그 말을 들은 저는 "별것도 아닌데 왜 그러지?"라는 생각을 했지만 상대방의 서운한 감정을 구체적으로 생각해 보니 서운함과 속상함은 자신에게 소중하다고 여기는 사람에게 생겨나는 감정이기에 나에겐 별것도 아닌 것이라고 느껴진다고 한들 상대방에게도 별것도 아닌 것이 아니라는 생각이 들게 되었습니다.

상대방을 소중하게 생각하는 만큼 기대감이 생겨나기 시작하고 그에 흡족하지 않은 결과를 맞이한다면 서운함과 속상함이 생겨나곤

사랑과 이별의 상처는 추억과 경험으로 남겨보세요.

합니다. 그래서 때때로 사랑하는 사람이 섭섭한 감정을 표출하곤 할 때도 있을 겁니다. 그렇지만 서운함을 느끼는 건 마음의 크기의 차이입니다. 그만큼 상대방이 나를 소중하게 생각한다는 증거이기도 하죠. 그런 고마운 사람에게 자신에게 서운함을 느끼는 이유를 따지려 하기보단 상대방과 함께하는 시간의 비중을, 서로의 마음에 있는 감정을 나누는 시간을 늘려 상대방의 마음을 어루만져 주세요. 그 누구보다 당신을 소중히 생각하는 사람이니까요.

쓸데없는 자존심 내려놓기

아무리 친밀감이 높은 관계더라도 서로에 대해 완벽히는 알지 못하기 때문에 상대방이 싫어하는 부분에 대해 실수할 때가 있습니다. 그런 실수로 상대의 기분이 상해 다툼이 생겼을 때 사과를 건네지 못하고 "뭘 그런 걸로 화를 내, 일부러 그런 것도 아닌데. 그리고 너도 예전에 이랬잖아."라며 상대방의 감정에 기름을 부어 작은 서운함이 불처럼 번지는 일을 만들지 않길 바랍니다.

상대방의 말에 부정하며 자신의 실수를 인정하지 않는다면 서로의 마음에 생채기를 남기겠지만, 자신의 실수를 인정하며 "그런 점이 서운했구나, 그러지 않을게. 미안해."라는 말을 건넨다면 짧은 시간 내

사랑과 이별의 상처는 추억과 경험으로 남겨보세요.

에 서로의 관계가 회복되고 말 겁니다.

만일 상대방이 내 곁에서 떠나가도 상관이 없다면 다툼 앞에서 자신의 자존심을 챙겨도 좋지만, 지켜내고 싶은 사람이라면 자존심을 챙기기보단 그 사람의 마음을 챙기도록 합시다.

옛말에 "지는 놈이 이기는 거야."라는 말이 있듯 굳이 둘의 관계에서 승리을 거머쥐고 싶다면 빠르게 져 주세요. 그런 모습을 본 상대방도 감사함과 자신의 잘못을 인지할 테니까요.

내가 아니면 누가 나를 챙겨줄까

단점보단 장점을 바라보세요

세상에 완벽한 사람은 없습니다. 장점만 가득할 것 같던 사람도 언제부터인가 차츰 단점이 보이기 시작하며 '그런 부분만 고치면 좋을 텐데.'와 같은 아쉬운 점이 신경 쓰이는 때가 찾아오곤 합니다. 가장 좋은 방법은 "난 너의 이런 부분이 싫어, 고쳤으면 좋겠어."라며 서로가 싫어하는 부분을 고쳐 나아가며 관계를 이어가는 것이지만, 모든 사람들이 단점을 고칠 수 있었다면 이 세상에 완벽한 사람들로 가득했을 겁니다.

관계는 서로의 빈틈을 메꾸어 주며 완벽하지 않음에 끌리는 것 같습니다. 지금 신경 쓰이는 상대방의 단점은 분명 처음에도 보였을 테

사랑과 이별의 상처는 추억과 경험으로 남겨보세요.

지만 그땐 상대방의 단점까지도 귀엽게 보였을 겁니다. 그래서 고치라는 말보단 "너 이런 부분도 있네?"라는 말과 함께 귀엽게 바라보며 웃고 넘어갔을 겁니다. 첫 만남과 지금의 차이는 상대방에 익숙한 감정과 편안함에 장점을 보려 하기보단 단점을 더 신경 쓰려는 마음입니다.

상대방의 단점이 신경 쓰이거나 고치려 하지 않는 모습에 화가 난다면 내 입맛에 맞춰 고치려 하는 건 아닌지, 처음엔 상대방의 단점도 귀엽게 생각했던 나의 모습은 어디에 있는지 되돌아 보세요. 장점만 보이던 상대방이 단점이 가득한 사람으로 변한 이유는 어쩌면 상대방이 아닌 자기 자신의 마음가짐일 수도 있습니다.

내가 아니면 누가 나를 챙겨줄까

좋은 사랑과 사람을 만나기 위해

연애의 시작과 끝이 완전히 다른 사람을 만나본 경험이 있을 것입니다. 마치 처음에는 영원히 행복하게 해줄 것처럼 말해 놓고서 끝내 이별을 선택하게 하는 사람이곤 했죠. 그리고 혼자 남겨진 당신은 이번에도 좋은 사람이 아니었다며 사랑과 이성에 대한 상처와 불신이 생기곤 했을 겁니다.

부디 앞으로 당신이 이런 상황을 반복하지 않았으면 좋겠습니다. 좋은 사람을 만나기 위해선 초반 모습에 혹하지 않아야 하며 나에게 호감을 표현하는 사람의 마음에 확신이 생길 때까지 꾸준히 바라보다 그 사람의 마음이 진실이라고 느껴지게 된다면 그때 연애를 시작

사랑과 이별의 상처는 추억과 경험으로 남겨보세요.

해 보세요. 그런 과정을 거치게 된다면 내게 호기심으로 다가오는 사람과 가볍게 다가오는 사람과, 진심으로 다가오는 사람을 구별할 수 있게 될 거고 상대방의 마음에 상처와 불신이 생길 이유도 사라지게 되고 말 겁니다. 그러니 짧은 순간의 상대방의 모습에 현혹되지 마세요. 연애는 차가움과 불안감을 느끼는 게 아닌 평온하고 따스함을 느끼는 것입니다.

내가 아니면 누가 나를 챙겨줄까

먼저 사과하는 용기

사랑하는 사람과 다툼이 생긴다면 명확하게 둘의 감정을 풀고 싶은 마음에 다툼이 생긴 시점부터 끝난 시점까지 면밀히 짚고 넘어가는 성격이었습니다. 그런 저의 모습을 바라보는 상대방은 저에게 "그냥 미안하다고 해주면 안 돼?"라는 말을 하곤 했습니다. 하지만 당시에는 잘못이 아님에도 불구하고 미안하다고 말하는 것이 싫었기 때문에 누구의 잘못인지에 대해 명백하게 짚고 넘어가려고 하였고 그렇게 다툼이 생길 때마다 누구의 잘잘못을 가리다 보니 미안하다는 말로 빠르게 정리할 수 있는 좋지 않은 시간과 감정들을 길게 늘어트리고 있다는 사실을 깨닫게 되었습니다. 그 이후부터 먼저 사과하는 용기에 대해 깊이 생각하게 되었습니다. 옹졸한 마음으로 누가 더 잘

사랑과 이별의 상처는 추억과 경험으로 남겨보세요.

했고 더 잘못했고를 따지기보다 내가 사랑하는 사람에게 양보하는 이해심을 기르기로 결심했습니다.

당신도 사랑하는 사람과 크고 작은 다툼이 생긴다면 누구의 잘잘 못을 깐깐하게 가리려고 하지 말고, 상대방이 미안하다는 말을 건네지 않는다고 기분이 상하거나 미안하다는 말을 할 때까지 다툼의 시간을 길게 늘어뜨리지도 않았으면 좋겠습니다. 누구의 잘잘못을 가리며 사과를 받기까지의 과정은 서로에게 마음에도 없는 쓴소리를 내뱉으며 서로에게 감정에 생채기를 남기며 좋지 않은 기억을 만들 뿐입니다.

만일 그 사람이 내게 가치 없는 사람이라면 사과를 받아 내도 좋지만 나에게 소중한 사람이라면 당신이 잘못해서가 아닌 둘의 사이가 잘못되지 않기 위해서 먼저 사과해 보세요. 당신이 건넨 사과에 상대방도 자신의 잘못을 되짚어보며 미안함을 느끼고 말 테니까요. 소중한 사람과 행복한 시간과 기억을 만들기도 바쁠 텐데 굳이 서로의 좋지 않은 시간과 기억의 시간을 부풀리지 않도록 해요.

내가 아니면 누가 나를 챙겨줄까

옆에 있는 사람에게 잘하세요

세상에서 유혹하기 가장 쉬운 사람은 사랑하는 사람에게 사랑받지 못하는 사람입니다. 그 누구나 연애에 있어서 외로움을 느낀다면 새롭게 다가와 나의 마음의 외로움을 채워주는 사람에게 이끌리기 마련이니까요. 상대방을 다른 이성에게 빼앗겨도 상관이 없다면 지금처럼 행동하고 연락하셔도 좋지만 그게 아니라면 곁에 있을 때 연락의 빈도를 가볍게 생각하지 마세요. 연락은 연애의 기본 중에 기본이니까요. 잊지 마세요. 당신이 익숙해진 그 사람은 누군가에게 아주 예쁜 꽃처럼 보일 수 있다는 사실을요.

사랑과 이별의 상처는 추억과 경험으로 남겨보세요.

사랑을 확인하는 것

사랑하는 사람이 "너 나 좋아해?"라고 물으면 자신을 의심하는 것처럼 느끼거나 사랑하는 마음을 알아주지 못하는 상대에게 서운함을 느낄 수 있습니다. 하지만 느낌은 넣어 두시길 바랍니다. 상대방이 마음을 확인하려는 이유는 요즘 당신에게 받는 애정이 충분하지 않기 때문입니다.

예쁜 말을 밖으로 꺼내어 사랑을 표현하기엔 낯설고 어색하고 부끄럽다는 생각을 가질지도 모르지만 사랑의 표현 방법이 꼭 그런 것만 있는 것은 아닙니다. 약속 시간에 늦지 않는 것, 상대방이 흘린 말을 잊지 않고 기억하는 것, 상대방이 좋아하는 것과 싫어하는 것들을 기억하는 것, 특별한 날이 아닌 평범한 날에 선물이나 편지를 건네는 것, 술자리에서 조금씩이라도 연락을 해주며 집에 들어갈 땐 꼭 연락해 주는 것 등 이러한 사소한 행동들이 굳이 말하지 않아도 사랑을 느끼게 하곤 합니다.

그러니 내가 지금까지 어떻게 해 왔는지를 되짚어 봤으면 좋겠습니다. 분명히 자신도 모르게 상대방에게 소홀했던 모습을 보게 될 테니까 말이죠. 그리고 지금보다 더 많이 표현해 주세요. 너를 향하는 나의 마음은 확고하다고. 내가 당신을 진심으로 아주 많이 사랑한다고 말이죠.

사랑과 이별의 상처는 추억과 경험으로 남겨보세요.

사랑의 감정을 키워가기 위해서

　사랑을 시작하고 서로의 마음을 키워 나가기 위해선 많은 정성과 관심을 가지는 노력이 필요합니다. 나무도 굳건하게 자라나려면 좋은 영양제가 필요하듯 사람의 마음을 굳건하게 자라나게 하려면 사랑을 듬뿍 주어 무럭무럭 자라나게 만들어야 합니다. 노력한 만큼 마음이 커지고 굳건한 마음을 가집니다. 연애를 시작했다고 끝이 아닌 지금의 연애가 지속되길 바란다면 관심과 정성으로 상대방의 마음을 무럭무럭 자라나게 하세요. 사랑은 방치형 게임이 아닙니다. 꾸준히 상대방의 마음을 들여다보도록 하세요.

자신을 성장시켜주는 사람과 함께하세요

    사람들은 나쁜 사람이 싫다고 합니다. 그런데 정작 자신의 곁에 있는 나쁜 사람의 행동이나 말투를 보고 주변 사람들이 "그 사람 좋지 않은 사람 같아."라고 이야기를 한다면 그 말에 수긍하기보다는 "아니야. 네가 뭘 안다고 그렇게 이야기해."라며 상대방의 말을 부정하며 모든 사람의 만류에도 상대방에게 후한 점수를 주는 편입니다. 주변 사람들이 좋지 않은 말을 하는 이유는 콩깍지가 씌지 않은 객관적인 눈으로 바라보기 때문에 상대방의 좋지 않은 모습들이 보이지만 정작 자신은 콩깍지가 씌어 좋지 않은 모습조차 좋게 보기 때문이죠.

    주변 사람들의 만류에도 불구하고 만남을 이어가다 마음의 상처

사랑과 이별의 상처는 추억과 경험으로 남겨보세요.

를 입고 애정과 신뢰를 잃게 되어 둘의 관계는 끝나고 맙니다. 그런 상황을 직면하고 나면 '그때 애들 말이 맞았네.'라는 생각으로 자신의 지난날을 후회하거나 두 번 다시 누군가를 사랑하지 않겠다는 각오를 하기도 하겠지만, 모든 연애는 처음부터 완벽할 수 없기에 지금의 좋지 않았던 경험은 후에 좋은 사랑을 하기 위한 과정으로 생각하며 같은 상황이 생기지 않기 위해 한 가지만 기억했으면 좋겠습니다.

나쁜 사람을 만난다면 밑바닥을 보게 될 거고, 좋은 사람을 만난다면 숨겨져 있는 행복을 발견하게 될 겁니다. 나쁜 사람은 늘 자신의 기준점에 맞추기 때문에 자신과 다른 점이 있으면 공감과 이해가 아닌 질타하는 모습을 보일 겁니다. 반면에 좋은 사람은 자신과 다른 점이 있으면 공감과 이해를 해주며 자기도 인지하지 못한 부분을 캐치해 칭찬을 아낌없이 쏟아부을 겁니다. 그래도 구별하기가 어렵다면 한 가지만 기억하면 좋겠습니다. 당신에게 "그거 아니야, 하지 마, 그거."라고 말하면 나쁜 사람, "그렇게 생각할 수도 있구나, 넌 정말 개성 있는 아이 같아."라는 말을 건넨다면 착한 사람이라고요.

앞으로는 빠르게 상대방의 언행을 캐치하여 나쁜 사람에 속아 상처입지 말고 좋은 사람을 만나 서로의 숨겨진 행복을 찾아주는 사랑을 하도록 하세요.

내가 아니면 누가 나를 챙겨줄까

다툼이 일어나지 않는 연애는 존재하지 않습니다

　연애를 하다 보면 한 번쯤 미치도록 다투는 시기가 찾아옵니다. 그런 시기로 인해 상대방에게 "우린 맞지 않는 것 같아."라는 말을 통해 서로에게 상처를 남기곤 하지만 그런 생각은 틀렸다고 말해주고 싶습니다. 미치도록 다툼이 일어나지 않는 커플은 없습니다. 다만 다투지 않으려 노력하는 것뿐입니다. 처음엔 서로의 공통점만을 바라보며 설렘이 가득한 마음으로 연애를 시작했겠지만 시간이 지나니 공통점 뒤에 숨어져 있던 자신이 싫어하는 모습들과 서로의 가치관이 다르다는 걸 느껴 다툼이 일어나는 겁니다.

　다툼이 없는 연애를 하는 사람들도 그런 과정을 겪었지만 서로에

사랑과 이별의 상처는 추억과 경험으로 남겨보세요.

게 상처를 주는 것이 싫기 때문에 서로의 가진 가치관과 생각을 존중해 주며, 상대가 싫어하는 부분에 대해서 고쳐 나갔기 때문에 다툼의 빈도가 낮아진 것입니다. 그러니 상대방과의 다툼이 지속되고 싶지 않다면 연애 초반의 설렘이 가득하던 그 모습처럼 자신의 모습을 되돌아보며 서로가 서로를 존중하고 배려해 주기를 바랍니다.

내가 아니면 누가 나를 챙겨줄까

시간이 없어서 연락을 못한다는 말은 핑계입니다

사랑은 깊이에 따라 차이가 있다고 생각합니다. 이를테면 연락이 그렇습니다. 진심으로 상대를 사랑한다면 그 사람이 지금쯤 무엇을 하고 있는지, 내가 없는 자리에서 혹여나 다치지 않을지 집착이 아닌 걱정으로 연락을 하죠. "밥 먹었어?", "잘 잤어?", "몸은 괜찮아?", "기분은 어때?" 등의 연락을 받는다면 뻔한 걸 물어본다고 생각할지도 모르지만 그것은 크나큰 착각입니다.

설령 같은 말 일지라도 마음의 농도가 묻어 나오기 때문에 사람들은 사랑을 한다면 흔한 질문이더라도 연락을 중요시합니다. 바쁘다고 상대방의 연락을 무시하거나 읽고 답장하지 않는 것은 핑계입니

사랑과 이별의 상처는 추억과 경험으로 남겨보세요.

다. 연애 초반을 돌이켜 보면 그때도 나름 바빴을 것입니다. 같은 삶이었지만 좋은 모습을 보여주기 위해 바쁘거나 피곤하더라도 새벽까지 전화와 카톡을 했던 당신이었습니다.

사랑하는 사람의 앞에서 '바쁘다, 피곤하다.'라는 핑계로 시간이 없어서 연락을 못했다고 말하지 않았으면 좋겠습니다. 여러 핑계로 연락의 빈도가 적어진다면 다른 이성에게 기회를 제공하게 됩니다. 시간이 나서 연락하는 게 아닌 시간을 내서 연락하는 게 사랑입니다. 예전이나 지금이나 당신의 삶은 한가하지 않습니다.

내가 아니면 누가 나를 챙겨줄까

이것만 빼면 참 좋을 텐데

독자님들과 고민 상담을 할 때 많은 분들께서 "이런 점만 빼면 참 좋은 사람인데 그 부분이 쉽게 고쳐지지 않아요. 어떡하면 좋을까요?"라는 말씀을 하시곤 합니다. 저는 그런 고민을 들을 때마다 "그거 하나뿐이라고 생각하지 마세요. 그거 하나가 당신에겐 치명적인 상처일 테니까요."라고 답하곤 합니다.

사람들은 누군가가 단 한 가지의 단점을 빼면 괜찮은 사람이라며 상대방을 좋은 사람이라고 착각하곤 합니다. 그렇지만 더 이상은 그렇게 생각하지 않았으면 좋겠습니다. 사실 정말 좋은 사람은 애인에게 상처 주는 것을 원하지 않습니다. 그래서 자신의 단점을 늘 인지

사랑과 이별의 상처는 추억과 경험으로 남겨보세요.

하며 고치려고 애쓰지만 자신의 좋지 않은 모습을 방치한다면 아마 그리 괜찮은 사람은 아닐 겁니다.

그렇게 자신의 잘못을 안일하게 생각하는 사람을 이해해 주며 곁에 머무르는 건 자신의 상처를 키울 뿐 좋은 결과를 기대할 수 없습니다. 그러니 그 사람의 부정적인 면까지 미화하지 않기를 바랍니다. 더 이상 당신의 상처가 깊어지지 않기를 바라겠습니다.

혼자서 이끌어가는 연락을 이어가려 애쓰지 말 것

.

연락을 할 때 일방적인 질문을 혼자 지속적으로 건네며 대화를 이어가려 노력하는 사람이 있습니다. 그렇게 상대방과 연락을 주고받다 가끔 '이 사람은 나에게 궁금한 게 없나?'라는 의문점이 생기기도 하지만 결국 '원래 이런 성격인가 보다.'라는 생각으로 지금의 상황을 합리화하곤 합니다.

저 또한 이러한 경험이 있습니다. 한 사람에게 호감이 생기게 되어 연락을 하게 되었고 상대방의 사소한 것에도 궁금함이 생겨 수많은 질문들을 하곤 했지만 상대방에게 돌아오는 것은 질문에 대한 답변일 뿐 저에 대한 질문은 하나도 없었습니다. 그로 인해 '바빠서 그

사랑과 이별의 상처는 추억과 경험으로 남겨보세요.

런가?' '원래 이런 사람인가?'라는 생각이 들었고 '과연 그 사람이 내가 연락을 하지 않더라도 먼저 연락을 할까? 한번 답장을 하지 말아봐야겠다.'라는 생각이 들어 연락을 멈춘 적이 있었습니다. 그렇게 한 결과 그 사람은 그 이후로 제게 연락을 하지 않았고 결국 그 사람과의 관계는 끊어지게 되었습니다. 그 계기를 통해 관계에 진심인 사람은 물음표로 연락을 취하고, 관계에 진심이 아닌 사람은 마침표로 연락을 취한다는 사실을 깨닫게 되었습니다.

만약 당신도 요즘 비슷한 고민의 늪에 빠져 허우적거리며 힘든 시간을 보내고 있다면 상대와 나누었던 대화를 읽어보며 과연 현재 행복한지에 대해서 다시 한번 생각해 보세요. 사람은 관심이 있는 사람에겐 어떻게든 연락을 이어가려고 애쓰기 마련이고, 사람의 마음은 사소한 질문과 비례하니까 말이죠. 그러니 더 이상 그저 대답만 하는 상대방에게 얽매이지 마세요.

집착과 애착의 차이

연애를 할 때 상대방이 나에게 집착을 하면 느껴지곤 합니다. 힘듦이 느껴지는 집착은 핸드폰을 뒤지며 이성과의 연락을 제재하고 "넌 오롯이 내 거야."라는 식의 마음가짐으로 행동하기 때문에 일상생활이 불편하게 느껴지지만 좋은 집착은 상대방을 애착을 하는 마음에 사소한 일상을 묻거나 주변 사람들과의 만남의 자리에서 연락이 없을 때 걱정 어린 마음에 "뭐 하고 있어? 좋은 시간 보내고 집 들어갈 때 연락해 줘."라는 연락을 남겨 놓죠. 그런 애착 행동을 사람들은 가끔 집착으로 생각하곤 합니다. 나에게 버거움을 느끼게 만드는 집착이라면 둘의 관계를 다시금 생각해 봐야 하지만 좋은 집착 즉 애착 행동은 내가 상대방을 기다리게 하지는 않았는지, 걱정하게 만들지

사랑과 이별의 상처는 추억과 경험으로 남겨보세요.

는 않았는지에 대해 나의 행동을 다시금 생각해 봐야 합니다. 걱정이 지속되면 기다림이 되고 기다림이 지속되면 지치게 되고 지침이 지속되면 포기하게 됩니다.

상대방이 자신을 포기하도록 하고 싶지 않다면 주변 사람들에게 "내 남자친구(여자친구) 집착 너무 심한 거 같아."라고 말하기 전에 과연 내가 상대방을 걱정하게 만들지는 않았는지, 기다리게 하지는 않았는지에 대해서 나의 행동을 되짚어 보세요. 상대방이 날 포기하고 나서 후회하지 말고 곁에 머물러줄 때 걱정하지 않도록 기다리지 않도록 최선을 다해 주세요. 당신을 소중하게 생각해주며 애착해 주는 사람을 집착이 심한 이상한 사람으로 만들지 마세요.

깜짝 선물

모든 연애의 초반은 새롭기 때문에 상대방이 그저 신기하고 그 사람과 함께하는 모든 순간이 즐겁게 느껴지지만 시간이 점차 지날수록 상대에 대한 호기심이 줄어들기 때문에 지루함을 느끼곤 합니다. 이런 상황을 불러일으키지 않기 위해선 특별한 이벤트를 통해 상대방으로 하여금 꾸준한 호기심을 가질 수 있도록 노력해야 합니다. 그런 매력을 지닌 사람이 되어 쉽게 내가 질리지 않게끔 만들어야 합니다.

그래서 전 선물을 문득 건네곤 합니다. 그러면 상대방은 "갑자기 왜 선물이야? 오늘 무슨 날이야?"라는 말과 함께 입가에 환한 미소를

사랑과 이별의 상처는 추억과 경험으로 남겨보세요.

띠며 행복해합니다. 이런 반응의 이유는 아무래도 특별한 날에만 받았던 선물을 평범한 날에 받아서 얼떨떨했을 테고 함께 생일이나 기념일이 아니더라도 남다른 기분이 들었기 때문이라고 생각합니다. 거기에 정성스레 쓴 손 편지를 곁들인다면 금상첨화일 것입니다.

사랑하는 사람을 위해서 소소한 이벤트를 준비해 보기를 바랍니다. 진심이 더해지면 효과는 배가 될 겁니다.

지켜 내야 하는 귀한 인연

1. 다정함을 가진 사람.

2. 힘들 때 힘이 되어 주는 사람.

3. 자신의 삶에 충실한 사람.

4. 나에게만 잘해 주는 사람.

사랑과 이별의 상처는 추억과 경험으로 남겨보세요.

좋지 않은 모습은 남이 바라볼 때 도드라진다

한때 오랜 시간 연애하던 사람에게 서툴렀던 젓가락질과, 맞춤법과 띄어쓰기, 화가 나면 말을 하지 않았던 모습 등 많은 행동을 지적받았던 적이 있습니다. 물론 기분은 좀 상했지만 이런 모습들을 고치면 더 나은 내가 될 수 있다는 생각에 "내가 몇십 년 동안 가지고 있던 습관을 한순간에 고칠 수는 없겠지만, 앞으로 많은 노력을 해서 꼭 고쳐 볼게."라는 말과 함께 미친 듯이 노력했습니다. 때론 '고치지 못하겠다고 말할까?'라는 생각이 들 정도로 정말 힘들고 지쳤지만 결국 좋지 않던 모습들을 고치고 난 후 주변 사람들에게 "너 정말 올바르다."라는 칭찬을 받기 시작했고 예전의 좋지 않았던 모습들을 되돌아보니 정말 고치길 잘했다는 생각이 듭니다. 만일 부족한 부분을 지적하는 상대방에게 "난 원래 이래."라는 말로 합리화하며 안 좋은 행동들을 지속적으로 했다면 여전히 바뀌지 않았을 것이고 새로운 사람이 다가와도 그닥 괜찮지 않아 보였을 것입니다.

그 누구에게나 부족한 점은 있습니다. 그런데 자신의 좋지 않은 모습을 고쳐 나가며 성장하는 사람과 '난 원래 그래.'라는 마인드로 자신의 좋지 않은 모습들을 방치하며 제자리에 머무는 사람으로 나뉘게 되는 것 같습니다. 자신의 단점을 수용하며 고쳐 나가는 사람은 시간이 지나면 주변 사람들에게 단점을 고친 사람이라고 인지되겠지만 고치지 않고 방치하는 사람들은 반복적으로 실수하는 사람으로 인지될 겁니다.

사람은 성장의 동물이라는 말을 들어보셨을 겁니다. 그 이유는 사람은 나이가 들어서도 모르는 부분을 배워가며 성장하기 때문이죠. 그러니 사랑하는 사람이 자신의 단점을 지적해 준다면 기분 나쁘게 여기기보다 이 부분을 고치면 좀 더 나은 내가 될 거라는 생각으로 고쳐 나아가길 바랍니다. 그런 부분을 개선해 나간다면 분명히 당신은 지금보다 더 성숙한 사람이 되고 말 테니까요.

사랑과 이별의 상처는 추억과 경험으로 남겨보세요.

잃는 건 한순간 잊는 건 오랜 시간

다른 사람은 몰라도 이 사람만큼 그 어떠한 상황 속에서도 나를 걱정해 주고 챙겨 주고 신경 써 주는 사람은 없을 거라는 생각을 가지게 만드는 사람, 늘 곁에 있을 때는 잘 모르지만 그 사람의 부재가 어색하고 허전한 느낌이 드는 사람 한 명씩은 있다고 생각합니다.

그렇게 나에게 잘 해주는 사람도 무조건적이고 일방적인 마음으로 그런 행동을 하지는 않을 겁니다. 반려동물도 이쁨을 주고 사랑을 주고 먹이를 줘야 더욱더 보호자를 따르듯이 조금이나마 돌아오는 마음이 있어야 그 관계가 유지된다고 생각합니다. '내가 아무것도 안 해도 이 사람은 내 곁에 머무를 테니 아무렇게나 해야지.'라고 생각하며 행동한다면 그 사람을 잃는 건 한순간일 겁니다.

곁에 늘 머물러 주던 그 사람이 내 곁에서 떠나가도 상관없다는 생각으로 지내다 보면 그 사람의 마음이 점차 옅어진다는 것을 더 느끼게 될 테고 그렇게 결국 상대방은 나의 곁에서 떠나고 말 겁니다. 당신에게 늘 따스하게 혹은 다정하게 사랑을 주는 사람이 있다면 가끔씩 먼저 상대방에게 손길을 건네 주기를 바랍니다.

사랑과 이별의 상처는 추억과 경험으로 남겨보세요.

이별 후에 연락하지 마세요

이별 후 연락을 하는 사람은 상대방에게 잘해주지 못했다는 미련 때문에 연락을 하곤 합니다. 하지만 그 연락을 받은 상대방은 "있을 때 잘하지."라는 생각과 함께 불쾌함을 느끼곤 합니다. 연락할 때 반갑게 반겨주며 둘의 만남을 행복하게 느끼던 상대방이었기에 헤어진 다음에도 이전과 동일하게 웃으며 연락할 거라는 생각을 하고 있다면 큰 오산입니다. 사귈 때나 특별한 존재였지 헤어지면 남보다 못한 존재가 되고 맙니다. 헤어지고 나서도 자신이 특별한 존재일 거라고 생각하지 말아야 합니다. 이별하고 전에 만났던 사람에게 조금이나마 미안한 감정이 남는다면 그저 그 사람이 잘 되기를 마음속으로 빌어주세요. 그게 사랑했던 상대방을 위한 배려입니다.

화가 난다고 물건을 집어 던지지 말아 주세요

사랑하는 사람과 사소한 다툼으로 인해 서로의 감정이 상하는 상황 속에서 미안하다는 말을 하기보단 자신의 기분이 태도가 되어 예민하고 화났다는 걸 표현하기 위해 물건을 집어던지는 사람이 있습니다.

그저 미안하다는 한마디만 하면 끝나는 상황을 자신의 자존심을 우선으로 생각해 사랑하는 사람 앞에서 좋지 않은 행동을 하며 마음속에서 지워지지 않는 기억과 상처를 만들어 주기도 합니다. 하지만 그런 행동은 주변에 있는 물건만을 집어던진 게 아니라 사랑하는 사람의 마음도 함께 집어던진 행동이라는 걸 꼭 알아두어야 합니다. 그

사랑과 이별의 상처는 추억과 경험으로 남겨보세요.

누구나 다툼을 피하고 싶어 합니다. 하지만 '미안해'라는 말로 사랑하는 사람의 마음을 챙기는 게 아닌 자신의 자존심을 챙긴다면 조그마한 감정이 마치 풍선처럼 조금씩 부풀어가다 한계치를 넘어가는 순간 터져버리듯 서로의 마음도 감정도 터져버릴 겁니다.

이러한 상황을 초래하지 않기 위해선 순간적인 감정에 휘둘리지도, 자존심을 챙기지도 않아야 합니다. 상대방의 앞에서 화가 난다고 물건을 던지는 그런 행동은 차후에 후회로 기억되는 좋지 않은 상황을 야기하고 말 것입니다. 그러니 상대방이 진심으로 자신에게 너무나 소중하다고 여겨지고 잃고 싶지 않다면 화가 날 때 물건을 던지기보단 미안하다는 말을 던져주세요.

소중한 그 사람에게 잊히지 않는 고마운 사람으로 기억될지 잊고 싶은 사람으로 기억될지 곰곰이 생각하며 행복하고 즐거운 순간만이 아닌 슬프고 화가 나는 상황에도 따스하게 감싸 주도록 하세요.

내가 아니면 누가 나를 챙겨줄까

후회가 될 때 잊지 말아야 할 것

1. 후회해도 돌이킬 수 없다.

2. 좋은 선택을 해도 후회가 남는다.

3. 이 경험을 토대로 나는 성장했다.

4. 그때의 나는 최선이었다.

사랑과 이별의 상처는 추억과 경험으로 남겨보세요.

마음이 식어버린 이유

그 누가 뭐라 해도 늘 내 편이라고 생각했던 사람의 마음이 한순간에 차가워졌다고 생각하지 않으셨으면 좋겠습니다. 그 사람의 마음은 한순간에 변한 게 아니라 반복적으로 보였던 상대의 좋지 않은 행동으로 인해 식어 버린 겁니다. 냉장고에 뜨거운 물을 넣는다고 금세 차가워지지 않는 것처럼 사람의 마음도 그렇습니다.

반복되는 상처로 인해 온기라곤 조금도 찾아볼 수 없는 냉랭한 사람이 된 겁니다. 그 사람에겐 당신이 그만큼 소중한 사람이었기에 자신이 받는 상처를 견뎌내며 조금씩 식어가며 차가워진 것뿐 만일 당신을 소중한 사람이라 여기지 않았다면 단칼에 인연의 끈을 잘라버

려을 거라고 생각합니다.

익숙해지면 소중함을 잃어버리는 사람들이 있습니다. 상대방이 주는 따스함이 익숙해지고 당연함으로 치부하는 생각이 지금 이 상황을 불러왔다고 생각합니다.

그동안의 자신의 행동에 대한 후회감과 상대방에 대한 미안한 마음을 가지게 되었다면 그 사람에게 받았던 마음보다 더 상대방의 마음을 따스하게 만들어 주세요. 한순간에 변한 게 아닌 여러 번의 실망과 상처로 변하게 된 것이므로 그 사람이 예전처럼 따스한 마음으로 돌아왔으면 좋겠다면 여러 번의 노력과 당신의 진심을 전하도록 하세요.

사랑과 이별의 상처는 추억과 경험으로 남겨보세요.

당신은 충분히 아름답습니다

신기하게도 사람들이 붐비는 곳이나 어두운 밤 길거리에서 길바닥에 떨어져 있는 돈이나 핸드폰 지갑 등 여러 가지 물건들을 자주 발견하곤 합니다. 물론 핸드폰이나 지갑을 주우면 경찰서에 가져다줍니다. 그런 저의 모습을 보며 주변 친구들이나 지인들은 제게 '어떻게 그런 걸 찾아내냐? 그것도 능력이다.'라고 말하지만 전 능력이 아닌 사소한 거에도 신경을 쓰는 섬세함이라고 생각합니다.

이와 같이 연애를 할 때도 마찬가지입니다. 상처를 입힌 사람들은 헤어지고 나서 후회하며 연락을 하곤 합니다. "내가 그땐 미처 알지 못했어. 네가 나에게 소중한 사람이란걸, 네가 나에게 얼마나 큰 사랑을 주는지에 대해서 알지 못했어."라고 말을 하곤 합니다. 사랑의 입장에서 을의 입장이었던 사람들은 그런 말을 듣고 흔들리기보단 '그때 최선을 다했기에 후회는 없겠지만 이별에 대한 아픔만이 남아 사랑이 두렵고 무섭고 자신이 못난 사람인가' 하는 생각으로 뒤덮여 새로운 연애를 하기가 무섭다고 느껴지곤 합니다.

하지만 그런 생각은 하지 않았으면 좋겠습니다. 세상엔 모르고 스쳐가는 것들이 많습니다. 당신의 전 애인도 그럴 겁니다. 당신의 아름다움과 매력을 모르고 스쳐간 사람일 겁니다. 그러니 이별을 아파하지 않았으면 좋겠습니다. 당신은 충분히 사랑스럽지만 그 사람이 당신의 그런 면모를 섬세하게 바라보지 못했던 것뿐이니까요.

사랑과 이별의 상처는 추억과 경험으로 남겨보세요.

사랑은 헷갈리게 하지 않는다

좋아한다면 헷갈리게 만들지 않습니다. 진심이란 없던 관심도 생기게 만드는 가장 무서운 무기라고 생각합니다. 진심이 담긴 사랑을 한다면 행복한 시간을 만들기도 바쁜데 헷갈리게 하는 시간이 들어올 틈새가 없을 겁니다.

마음을 헷갈리게 한다는 건 처음에 컸던 마음이 확연하게 줄어든 모습을 보이기 때문이라고 생각합니다. 그러니 혼자 헷갈려 하며 마음 아파하기보단 헷갈리게 만드는 사람에게 향하는 마음을 그냥 버렸으면 좋겠습니다.

사랑은 행복하려고 하는 거지 아프려고 하는 게 아니니까요.

상처받았을 때 기억해야 할 4가지

1. 그 정도밖에 되지 않는 사람이구나.

2. 나와 맞지 않는 사람이구나.

3. 앞으로 이런 사람은 믿고 걸러야지.

4. 역시 관상은 과학이야.

사랑과 이별의 상처는 추억과 경험으로 남겨보세요.

최선을 다했잖아요

 감정을 나누었던 상대방을 진심으로 사랑했다면 이별의 아픔을 고통 없이 지나갈 수는 없을 거예요. 진심으로 따스한 온기를 담아 사랑했기에, 그 사람과 함께하는 미래를 꿈꾸었기에, 평생 함께였으면 하는 바람이 있었기에 이별의 상처가 쉽게 치유되지 않을 거예요. 그 아픔의 감정을 삼켜내려고 그치지 않는 눈물을 흘리며 슬픔에 갇혀버리고 말거라 생각해요. 하지만 당신의 슬픔이 오랜 시간 지속되지 않았으면 좋겠어요. 슬픔이 지속된다면 새로운 행복을 맞이하지 못할 테니까요. 당신이 이별에 아픔을 느끼는 건 진심으로 상대방을 사랑했기 때문이라고 생각해요. 최선을 다했잖아요. 후회는 남지 않잖아요. 그러니 우리 잘 이겨내기로 해요.

미련 없이 끊어내세요

내게 상처를 안겨주었던 사람이 다시금 나를 찾아와 "그땐 내가 미안했어."라는 말을 건넨다면 보통의 사람들은 '그래, 앞으로는 그러지 않겠지.'라는 생각으로 상대방을 용서하며 다시금 둘의 관계를 형성하곤 하지만 상대방이 내게 준 상처를 용서했음에도 불구하고 한 번 상처를 준 사람은 다시금 내게 상처를 안겨주곤 합니다. "한 번도 안 한 사람은 있더라도 한 번만 한 사람은 없다"라는 말이 있듯 상처도 마찬가지입니다. 자신의 마음에 상처를 남긴 사람은 결국 시간이 지나 또다시 다치게 할 겁니다. 내게 상처를 준 사람을 다시 받아주는 행동은 나에게 상처를 줄 기회를 다시 한번 주는 행동입니다. 그러니까 재회는 신중하게 했으면 좋겠습니다.

사랑과 이별의 상처는 추억과 경험으로 남겨보세요.

물론 모든 사람과 모든 재회가 그런 결말이라는 것은 아닙니다. 하지만 대부분의 사람들은 다시 또 상처를 받으며 "얘를 믿은 내 잘못이지."라는 말을 하며 점차 사람에 대한 신뢰도가 떨어지고 맙니다. 당신이 그런 삶을 살아가지 않았으면 좋겠습니다. 당신에게 상처를 준 사람들까지 챙기며 많은 관계를 유지하려 하기보단 따스함과 진심을 느끼게 해주는 소소한 사람들을 챙기며 관계에 대한 의심과 스트레스를 받지 않는 사랑을 하시기를 바랍니다.

마음에 행복감을 불어넣어 주는 사람과 함께 행복감이 가득하기를, 스트레스를 주는 사람과의 관계는 미련 없이 끊어내는 용기를 가지기를 바랍니다.

소중한 사람에게 지켜야 할 예의

1. 무례한 행동과 비속어 금지.

2. 의미 없는 밀당하지 말기.

3. 생각 존중하기.

4. 거짓말하지 않기.

사랑과 이별의 상처는 추억과 경험으로 남겨보세요.

가장 잊기 힘든 사람

1. 나도 모르는 내 모습을 알려준 사람.

2. 내가 힘들 때 곁에 머물러 준 사람.

3. 나의 장점만을 이야기해주는 사람.

4. 내가 잘됐을 기뻐해 준 사람.

5. 내게 따뜻하게 잘해 준 사람.

6. 내가 잘해 주지 못해 미안함이 남는 사람.

7. 나의 모든 점을 좋아해 준 사람.

8. 나의 결정을 존중해 준 사람.

9. 나의 말을 끝까지 들어준 사람.

10. 지금 떠오르는 그 사람.

내가 아니면 누가 나를 챙겨줄까

143

사랑과 이별의 상처는 추억과 경험으로 남겨보세요.

3장

마음에 상처를 들여다보는 시간이 줄었으면 좋겠습니다.

홀로 애쓰는 관계는 끊어버리도록 하자

소극적인 성격을 가진 사람들이라면 한 번쯤 내가 없는 자리에서 나에 대한 안 좋은 소리가 오갈까 봐 걱정하고 불안해하곤 합니다. 불안함을 가지는 이유는 지금 형성하고 있는 인간관계가 그다지 좋지 않은 관계일 수 있습니다. 만일 좋은 관계였다면 100% 상대방을 신뢰하지는 않더라도 그런 의심과 걱정은 할 필요는 없겠죠. 불안정한 마음을 가지며 인간관계에 대한 의심과 불안함을 가지지 않기 위해선 나에게 진심으로 호의적인 사람과 함께해야 합니다.

인간관계는 애쓰면서 이어가는 게 아닌 서로의 다름을 이해하며 존중하며 노력하며 이어가는 겁니다. 상처받으면서 의심과 두려움

마음에 상처를 들여다보는 시간이 줄었으면 좋겠습니다.

이 가득한 관계가 아닌 서로 좋은 영향력을 주고받으며 관계를 이어가는 사람이 되었으면 좋겠습니다. 관계 속에서 불안함이 아닌 행복만 얻기를. 부정적인 생각이 아닌 긍정적인 생각만을 얻기를. 불안함이 아닌 안정감을 느낄 수 있기를. 더 이상은 관계가 어렵다는 생각을 가지지 않기를 바랍니다.

나를 뒤에서 욕하고 다니는 사람은 내가 무엇을 하든 뒤에서 욕을 할 겁니다.

내가 아니면 누가 나를 챙겨줄까

맞지 않는 인간관계에 연연하지 않기를

　오랜 시간 곁에 머무른 사람일지라도 성격과 성향이 달라 서운함이 생기는 인간관계가 있다면 곁에서 배제하며 살아갔으면 좋겠습니다. 물론 이런 결정을 내리기까지 두렵고 떨릴 수 있습니다. 이 사람이 아니면 당신 곁에 머물러줄 사람은 없다고, 결국 혼자가 될 것 같은 두려움에 사로잡혀 고통을 받는 인간관계여도 유지해야만 한다는 생각을 할 수 있습니다. 하지만 이제는 주변 사람들을 위해서가 아닌 당신만을 위해서 살아갔으면 합니다. 때로는 오랜 시간 곁에 머문 사람들보다 새롭게 알게 된 사람들이 당신의 말에 공감해 주는 경우가 많다고 생각합니다. 곁에 머문 시간으로 인간관계가 형성되기보단 그 시간이 짧더라도 당신과 잘 맞는 사람과 함께했으면 합니다.

마음에 상처를 들여다보는 시간이 줄었으면 좋겠습니다.

시험을 치를 때 답을 밀려서 적으면 기존의 OMR 카드를 버리고 다시 적어 내려가듯 당신에게 맞지 않는 관계에 연연하지 말고 새롭게 다시 시작하면 됩니다. 난 당신이 홀로 노력하며 고통받는 인간관계를 끊어버렸으면 좋겠습니다. 이제부터라도 당신 곁에 좋은 사람들로 가득 채워나가기를 바랍니다.

내가 아니면 누가 나를 챙겨줄까

인간관계에도 유통기한이 있습니다

유통기한이 6일 지난 우유를 '냉장고에 있었으니까 괜찮을 거야.'라는 생각으로 버리지 않고 마신 적이 있습니다. 우유를 먹고 당일은 별 이상 없이 괜찮았지만, 다음날 온몸에 오한이 오고 41도까지 열이 올라 병원을 가보니 의사 선생님은 "도대체 뭘 먹은 거예요?"라는 말씀과 조금만 더 늦었다면 신체 장기 중 일부가 녹아내렸거나 사망했을 수도 있다고 말씀하셨습니다. 식중독에 걸린 것이었습니다. 며칠간 병원에 입원하여 치료를 받았습니다. 치료를 받는 동안 '상한 음식을 먹으면 탈이 나는 것처럼 인간관계도 마찬가지이지 않을까?'라는 생각을 했습니다. 그동안 스쳐 지나간 나의 주변 사람들을 회상하며 그 사람들과의 연이 끊어지지 않기 위해 애쓰던 나의 모습을 떠올려

마음에 상처를 들여다보는 시간이 줄었으면 좋겠습니다.

보니 비참했고 다시 이어진다 한들 전보다 더 좋지 않은 결과를 맞이했었던 기억들이 떠올랐습니다.

인간관계에도 유통기한이 있습니다. 끊어진 인간관계에 흔들리며 아파하기보단 새롭게 맺어진 사람들과 지금 맺고 있는 소중한 관계에 집중하기로 다짐하게 되었습니다. 모든 사람들을 품으려 하기보단 현재 당신 곁에서 머물러주는 소중한 사람들을 품으며 살아간다면 스트레스보단 행복이 증가할 것입니다. 그러니 더 이상은 끊긴 인간관계에 얽매이지도, 상해버린 관계에 대해 기분이 상하지도, 미련을 가지지도 않았으면 좋겠습니다.

별로인 사람에게 얽매이지 마세요

지나온 인간관계를 되돌아보면 모든 사람에게 좋은 사람, 사랑받는 사람이 되고 싶었습니다. 누군가에게 미움을 받는 걸 싫어했고, 싫은 소리를 들으면 원인을 찾아내느라 스스로 자책하기도 하고 그 사람의 말에 얽매이곤 했습니다. 그렇게 저는 타인의 말과 시선에 신경을 쓰며 의기소침한 아이로 자라 왔지만 성격을 뒤바꾸게 된 계기가 있었습니다. 대학교 생활 중에 인기가 있던 한 친구가 "너 다른 애들이랑 다르게 유독 착한 거 같아. 나랑 친구하자."라는 말을 내게 건네왔습니다. 전 그렇게 인기가 많은 그 친구와 연을 맺으며 조금씩 대학교 생활을 행복하게 보내게 되었습니다.

마음에 상처를 들여다보는 시간이 줄었으면 좋겠습니다.

그러던 어느 날 그 친구와 저의 관계를 시기 질투하는 사람들이 생겨나기 시작했습니다. 그 사람들은 저에 대한 좋지 않은 이야기를 하며 친구를 이간질하기 시작했고 전 그런 주변 사람들의 말에 친구도 동요되고 말 거라는 생각으로 다시 한번 의기소침한 성격으로 되돌아갔습니다.

하지만 친구는 그런 말에 동요하거나 옹호하지 않고 오히려 그 사람들에게 "너희 입이 참 저렴하구나?"라며 되받아쳤습니다. 친구에게 "나 때문에 너 이미지 안 좋아지면 어떡해."라는 말을 했지만 친구는 "야, 쟤네 어차피 오래 볼 사람도 아닌데 뭐 어때. 난 너랑 오래 볼 거야."라고 답했습니다. 친구의 말을 듣고 생각해 보니 나에게 좋지 않은 영향을 끼치는 사람들은 결국 모두 다 내 곁에 남아 있지 않았습니다. 그리고 앞으로는 오래 볼 사람도 아닌 사람에게 흔들리거나 얽매이지 않겠다고 다짐하게 되었습니다.

당신도 오랜 시간 함께할 좋은 사람에겐 얽매여도 좋으나, 별로인 사람에겐 얽매이지 않았으면 좋겠습니다. 어차피 오래 볼 사람이 아니니까요.

무례한 사람 때문에 상처 입지 않기를

답답한 마음에 누군가에게 고민을 털어놓을까 말까 수많은 고민 끝에 조심스럽게 이야기를 꺼내지만 그런 마음을 헤아리지 못하며 타인의 고민을 쉽게 생각하거나, "이건 팩트야. 내가 친구니까 이야기해 주는 거야. 다 너 잘 되라고."라며 자신의 생각만 내뱉는 사람들이 있습니다. 저는 당신이 그런 사람들에게 상처 입지 않았으면 좋겠습니다. 그런 사람들이 말하는 "난 팩트를 말하는 거야."라는 말은 "난 할 말과 못 할 말을 가려서 할지 모르는 무례한 사람이라서 하고 싶은 말을 하는 거야."라는 말입니다.

덜떨어지는 사람의 언행에 휘둘리거나 상처 입기보단 '진짜 무례

마음에 상처를 들여다보는 시간이 줄었으면 좋겠습니다.

한 사람이구나.'라는 생각으로 거리를 두도록 하세요. 그 사람들은 차후에 당신의 아픔을 약점으로 사용할 사람들일 테니까요. 그러니 그런 사람과 엮여 아픔을 떠안고 살기보단 꼭 당신과 같은 선량하고 마음씨가 착한 사람과 어울렸으면 좋겠습니다. 당신의 아픔이 지워지진 않더라도 치유되도록 말이죠.

입맛대로 기분을 표출하는 사람이 있다면

갑작스럽게 그 누구와도 이야기하고 싶지도, 만남과 연락을 하고 싶지도 않은 날이 찾아오곤 합니다. 하필 그런 시기에 내 곁을 찾는 사람이 있다면 "미안한데 내가 기분이 그렇게 좋지 않아서, 다음에 이야기해도 돼?"라고 이야기를 건네곤 합니다. 그 이유는 감정을 컨트롤할 수 없는 상태에서 상대방과 대화를 한다면 나의 기분이 상대에게 전염될 수도 있고, 나로 인해 기분이 상할지도 모르기 때문에 말이죠.

반면에 타인의 감정 따윈 신경쓰지 않고 내 입맛대로 기분을 표출하는 사람이 있습니다. 그런 모습을 맞이한 상대방은 '오늘 기분이 좋

마음에 상처를 들여다보는 시간이 줄었으면 좋겠습니다.

지 않은가 보다.'라는 생각으로 상대방을 애써 이해하려 하지만 그런 생각은 틀렸다고 말해 주고 싶습니다. 당신에게 예민한 반응을 보이는 사람은 기분이 좋지 않은 게 아닌 성격이 안 좋은 겁니다.

　상대방을 배려하는 마음이 있다면 그 어떤 상황에서도 감당하기 벅찬 감정을 표출하지 않을 테니까 말이죠. 당신에게 예민한 반응을 보이는 사람을 단순히 '오늘 기분이 좋지 않은가 보다.'라며 이해하지 않았으면 좋겠습니다. 당신을 소중하게 생각하는 사람이라면 절대 본인 입맛대로 감정을 토해내지 않을 테니까요.

나에 대해 함부로 이야기한다면

나에 대해 함부로 이야기하고 다니는 사람의 말에 휘둘려 기분이 상하거나 위축되지 않았으면 좋겠습니다. 뒷담화를 서슴없이 하고 다니거나, 남의 이야기를 퍼트리고 다니는 사람은 서서히 주변 사람들을 잃어가는 경험을 겪고 말 겁니다. 타인을 함부로 이야기하고 다니는 사람은 대개 자존감이 낮고, 본인에 대해 내세울 게 없어 잘난 사람을 깎아내리고 자신이 그 위에 올라가려하기 때문에 불편함을 느낀 사람들은 결국 모두 다 곁을 떠나게 만들 겁니다.

그러니 누군가가 나에 대해 함부로 이야기한다면 '네가 아무리 그렇게 말해도 난 그런 사람 아니니까 괜찮아.'라는 생각으로 부질없는

마음에 상처를 들여다보는 시간이 줄었으면 좋겠습니다.

사람들의 시선과 언행을 배제하며 살아갔으면 좋겠습니다. 이미 마음이 더럽혀진 사람의 말로 인해 당신의 마음까지 더럽혀지지 않았으면 좋겠습니다.

유유상종

인간관계에서 상처받는 이유는 누군가가 나에게 실수를 했을 때 상대방의 잘못된 행동들을 "나 방금 기분 나빴어."라고 말하기보단 '그럴 수도 있지.'라고 이해해 버리기 때문입니다. 그런 이해심은 점점 무색해질 거고 그 사람과의 관계를 돌이켜 본다면 상처뿐인 불편한 기억밖에 남지 않을 겁니다.

"상처를 더 이상 받지 않으려면 어떻게 하면 좋을까요?", "불편한 기억만 만들어 주는 사람을 어떻게 해야 될까요?"라는 고민을 가진 몇몇 분이 상담 요청을 보내주셨는데, 저는 고민에 대해 "그렇게 상처만 받는 인간관계를 유지하는 건 자신의 감정과 마음을 상처로 얼

마음에 상처를 들여다보는 시간이 줄었으면 좋겠습니다.

룩지도록 방치하는 것과 같은데 괜찮으세요?"라고 되려 질문하는 편입니다. 그 말을 들은 사람들은 "지금 당장 관계를 정리하고 이해심도 가져다 버릴게요."라고 말씀하십니다.

뭐든지 과하면 항상 탈이 나듯이 사람 관계에서도 적당한 이해심은 필요하지만, 과한 이해심은 관계를 악화 시킬 수 있는 지름길이 되기도 합니다. 서로에게 도움이 되고 힘이 되는 관계가 되기 위해서는 모든 사람을 수용하기보단 나를 먼저 이해해 주는 사람에게 이해심을 가져야 합니다.

'유유상종'이라는 말처럼 사람은 끼리끼리 무리를 지어 어울리게 됩니다. 그러니 당신이 인간관계에 상처받지 않으려면 당신만 이해하며 참아내야 하는 관계가 아닌 서로를 이해하며 배려하는 관계를 형성하기를 바랍니다.

정치질

학교와 직장 생활을 할 때 한 사람을 헐뜯으며 자신의 편으로 만들려고 하는 사람이 있습니다. 그런 사람들에게 희생양이 되는 사람들은 사소한 것에도 눈치를 보고 늘 의기소침해져 있습니다.

혹 그런 삶을 살아왔거나, 주변에 그런 사람이 있다면 앞으로 더 이상 그렇게 마음을 졸이며 살아가지 않았으면 좋겠습니다. 타인의 말에 휘둘려 색안경을 끼고 당신을 바라보고, 당신을 깎아내리기 바쁜 사람이 있다면 그저 잠시 스쳐 지나가는 사람이라고 생각하세요. 정말 좋은 사람들이라면 누군가가 당신을 비하했을 때 "그렇게 사람 깎아내리는 건 좋지 않은 거야." 하며 질타를 할 겁니다.

마음에 상처를 들여다보는 시간이 줄었으면 좋겠습니다.

누군가의 정치질에 겁을 먹거나 휘둘리지 않았으면 좋겠습니다. 나를 진심으로 생각해 주는 사람들은 어떤 소리에도 결국 당신의 편이 되어줄 테니까요.

사람을 좋아하는 마음

한 사람에게 시간과 감정을 쏟아부어도 등을 돌리는 사람이 있습니다. 익숙함에 속아 소중함을 잃게 되거나 나의 성의를 당연하다고 치부하기 때문이죠. 그로 인해 사람들은 '너무 잘해준 게 잘못이었나.'라는 생각을 가지곤 하지만 그런 생각은 하지 않았으면 좋겠습니다. 한 사람에게 시간과 감정을 쏟아부은 건 잘못이 아닙니다. 잘하셨습니다. 그 덕분에 그런 사람이라는 사실을 알게 되었으니까요.

사람을 좋아하는 사람의 곁엔 많은 사람들이 찾아오곤 합니다. 그 안에는 좋은 사람도 많은 반면 나쁜 사람도 많이 있죠. "누군가의 마음을 알고 싶다면 그 사람에게 아주 잘해 주어라."라는 말이 있듯 좋

마음에 상처를 들여다보는 시간이 줄었으면 좋겠습니다.

은 사람이라면 내가 건넨 성의에 보답을 하거나 감사함을 표할 것이고 나쁜 사람이라면 더욱더 바라거나 당연함을 표합니다. 그러니 앞으로는 누군가에게 무엇을 해 줄 때 버려도 아깝지 않을 만큼만 선물을 하거나 시간과 감정을 사용해 주세요. 후회보다는 이 사람이 과연 어떤 사람인지 확인할 수 있도록 말이죠.

더 이상 자신의 소중한 감정을 부질없는 곳에 사용하여 허망감에 빠져들지 않기 위해 사람을 좋아하는 마음을 줄이도록 해요.

서운한 감정

누군가에게 섭섭하고 서운한 감정이 생기는 이유는 지금 내가 상대방에게 베푸는 것들이 아까울 정도로 해주고 있기 때문이에요. "누군가에게 무엇을 해 줄 때 버려도 아깝지 않을 만큼만 해 주어야 한다."라는 말이 있듯 상대방에게 아까울 정도로 해 준다면 그만큼 바라는 마음도 자연스럽게 생겨나기 때문에 서운한 감정이 생겨나게 되고 관계에 대한 후회와 두려움 그리고 좋지 않은 생각들이 자라나게 되고 말 거예요. 그런 마음이 생겨나지 있도록 현재 상대방을 향한 당신의 마음의 크기를 조절하셨으면 좋겠어요. 혼자서만 상대방에게 다가가는 관계가 아닌 서로가 서로에게 다가가는 관계를 형성하기를 바라요.

마음에 상처를 들여다보는 시간이 줄었으면 좋겠습니다.

나에게 상처를 주었던 사람을 용서하도록 해요

내게 상처를 준 사람을 생각하며 그 사람에 대한 원망과 좋지 않은 감정을 갖지 않았으면 좋겠습니다. 그런 감정들을 유지하는 건 나의 마음속 안에 음식물을 방치하는 것과 동일합니다. 처음엔 아무런 이상이 없겠지만 시간이 흐를수록 부패하여 좋지 않은 영향만 내게 안겨줄 감정들입니다. 이러한 상황으로 치닫지 않기 위해 나에게 상처를 주었던 사람을 용서하도록 하세요. 상대방을 위해서가 아닌 소중한 나의 감정을 위해서 소중한 나의 삶을 위해서 말이죠. 이젠 당신의 마음에 행복한 감정을 채워 넣기 위해 상처를 안겨 주었던 사람들에 대한 원망과 좋지 않은 감정을 치우기로 해요.

유독 신경 쓰인다면

누군가가 유독 거슬리고 신경 쓰이는 이유는 사실 다 자신의 모습이 그 사람에게 비추어지기 때문입니다. 그 사람이 부러운 내가 싫은 거고, 그 사람보다 못난 내가 싫은 거고, 그 사람의 못난 모습을 닮은 내가 싫은 겁니다. 자신의 단점을 생각하기보단 단점 또한 나의 일부라고 생각하며 자신의 모든 부분을 사랑한다면 누군가를 미워할 필요도 싫어할 이유도 없습니다. 누군가를 이유 없이 미워하기보단 나 자신의 모든 부분을 사랑하도록 하세요. 당신은 지금 있는 그대로 충분히 사랑스러운 사람이니까요.

마음에 상처를 들여다보는 시간이 줄었으면 좋겠습니다.

나를 많이 아껴주세요

　고등학교 때 누군가 뒤에서 욕을 하더라도 이간질을 하더라도 색안경을 끼고 바라보더라도 흔들리지 않던 친구가 있었습니다. 그 친구를 바라보며 참 의아하다는 생각을 가졌습니다. 보통은 자신에 대해서 색안경을 낀 채로 욕하고, 이간질하면 기분이 상하곤 하니까 말이죠.

　그래서 전 그 친구에게 다가가 "너는 다른 사람이 너에게 욕하고 이간질을 해도 괜찮아?"라고 물었지만 그 친구는 "걔네들이 뭐라고 한들 난 그런 사람이 아니니까 상관없어."라며 답했습니다. 그 친구의 대답을 듣고 타인의 말에 휘둘려 제 자신을 미워하고 가치 없는 삶이라고 평하던 저의 모습을 곱씹게 되었습니다. 그런 생각의 끝으로 나를 사랑해야 하는 이유를 깨닫게 되었습니다.

나를 사랑해야 하는 이유는 나를 사랑해 주며 나의 가치를 알게 된 순간 타인의 평가에 휘둘리지 않기 때문입니다. 타인에게 비추어지는 좋은 이미지를 만드는 삶이 아닌 자신이 만족스러움을 느끼며 나에게 투자하는 내 가치를 올리는 삶을 살아간다면 나 자신을 미워할 필요도, 타인에게 휘둘려 상처를 받을 필요도 없을 겁니다. 삶의 주인공은 나 자신입니다. 나에게 맛있는 것도 먹여주고 예쁜 옷도 입혀주고 좋은 기억들을 만들어주세요. 타인이 아닌 나 스스로를 제일 많이 사랑하고 아껴주세요.

마음에 상처를 들여다보는 시간이 줄었으면 좋겠습니다.

당신은 충분히 사랑받을 사람입니다

　내성적인 성향 때문에 초등학교 시절부터 주변 사람들에게 여성스럽다는 소리를 들으며 이상한 사람이라고 낙인 찍힌 채로 세월을 보내다 보니 제게 다가오는 사람들의 감사한 마음을 의심하며 거리를 좁히지 않으려는 마음이 자라나기 시작했습니다. 그렇게 저는 누군가가 호의를 베풀면 무엇인가 '나에게 바라는 게 있어서 이러겠지.'라는 생각 때문에 상대방이 부담스럽게 느껴졌습니다. 그런 성격으로 살아가던 중 함께 학원을 다니던 한 친구가 "넌 왜 혼자 다녀? 나랑 놀자."는 말과 함께 제게 손을 내밀었지만, 그 친구에게 피해를 주고 싶지 않았기에 "나는 여성적이고 이상한 사람이라서 나랑 놀지 않는 게 좋아."라고 대답했습니다. 제 말을 들은 친구는 "넌 여성적인 것도,

이상한 사람도 아니야. 단지 남들보다 섬세한 것뿐이야. 너 엄청 매력적이고 좋은 사람이야."라고 말해줬습니다.

그 친구의 한 마디는 가슴 깊은 곳에 잡게 되었고 그 친구의 말을 들은 이후로부터 누군가가 저에게 호의를 베풀면 상대방을 의심을 하기보단 '그래, 내가 너의 다정함을 똑같이 되돌려 줄게.'라는 마음을 가지게 되었습니다.

누군가가 나를 소중하게 생각해 준다면 "얘가 왜 이러지?"라는 생각은 하지 말아 주세요. 당신은 당신이 생각하는 것보다 매력적이고 좋은 사람이니까요. 충분히 대단한 당신을 의심하지도, 숨기지도 마세요.

단점보다 장점이 많은 당신입니다

사람과의 관계를 형성할 때 누군가는 나를 싫어하고 또 다른 누군가는 나를 좋아해 주곤 합니다. 그렇게 사람들의 호불호가 나뉘는 이유는 그 누구에게나 장점과 단점이 있지만 서로 보는 시각이 다르기 때문입니다. 누군가는 나의 장점보단 단점을 보기 때문에 날 싫어하고 또 다른 누군가는 나의 단점보단 장점을 바라봐 주기 때문에 날 좋아해 주곤 하죠.

그렇기에 사람들은 서로에게 잘 맞는 사람과 관계를 형성하곤 하지만 이 사실을 인지하지 못하는 사람들은 누군가가 나를 미워하는 느낌을 받거나 그런 소식을 전해 들었을 때 그 사람에게 호감을 받기 위해 노력하거나 홀로 마음 아파하곤 합니다.

나를 미워하는 사람들은 나의 장점이 아닌 단점을 바라보는 사람들입니다. 그런 사람들에게 휘둘리지 마세요. 당신은 단점보다 장점이 많은 사람이니까요.

마음에 상처를 들여다보는 시간이 줄었으면 좋겠습니다.

내가 부족하다고 여겨진다면

살아가다 보면 남들에 비해 부족한 사람이라고 여겨질 때가 있습니다. 그런 생각이 드는 이유는 정말 자기 자신이 못난 게 아닌 나의 단점과 타인의 장점을 비교하기 때문입니다. 그 누구나 완벽해 보일 뿐 완벽한 사람은 없습니다. 당신에게 완벽하게 비추어지는 사람들도 긴 시간을 함께하다 보면 장점 뒤에 감추어져 있던 부족한 부분이 도드라지며 '알고 보니 허당이었네.'라고 생각하게 되니까 말이죠. 사람은 자신이 관심이 있고 흥미가 있는 부분의 정보를 터득하고 자신의 장점을 활용하여 터득한 부분을 극대화하기 때문에 타인에게 비추어진 모습이 완벽해 보인다고 생각합니다.

제 주변에도 참 잘생기고, 키도 크고, 운동도 잘하는 친구가 있습니다. 그 친구를 바라볼 때 '신은 불공평하다는 말이 괜히 있는 게 아니구나.'라는 생각을 했지만 신은 불공평하지 않았습니다. 그 친구의 단점은 나의 장점이었고 나의 단점은 그 친구의 장점이었습니다. 퍼즐의 조각이 다른 모양으로 이루어져 있더라도 서로 맞추어 아름다운 작품이 만들어지는 것처럼요.

각자 서로 다른 장단점이 맞물려 상호작용을 일으키는 것뿐 당신은 전혀 부족한 사람이 아닙니다. 그러니 자기 자신 스스로를 부족한 사람으로 생각하지 않았으면 좋겠습니다. 누군가에겐 당신 또한 완벽한 사람으로 비추어질 테니까요.

마음에 상처를 들여다보는 시간이 줄었으면 좋겠습니다.

나를 먼저 생각하자

자신이 가지고 싶은 게 있더라도 돈 아깝다며 검소하게 살아가면서 타인이 가지고 싶은 게 있다면 퍼주는 성향을 갖춘 사람들이 있습니다. 그런 성향을 갖춘 사람들은 쉽게 상처 받을 수 있는데, 그 이유는 타인에게 선물을 건넬 때 그 사람에게 나의 마음을 전달했다는 생각과 그 사람이 행복해하는 모습을 보고 덩달아 행복하겠지만 그런 시간이 지속될수록 자연스럽게 보상심리가 생겨 받기만 하는 상대방에 대해서 실망을 하게 될 테니까 말이죠.

예컨데 생일을 맞이한 친구에게 선물을 해주는 건 정말 아깝지 않았습니다. 축하와 선물을 받고 행복해 하는 친구의 모습이 너무 좋았기 때문이죠. 하지만 처음과 다르게 시간이 지나자 무기력해졌습니다. '정작 내가 가지고 싶은 것들은 사지도 않으면서 타인에게는 왜 이렇게 호의적일까?'라는 생각과 함께 나의 삶을 다시 한번 되돌아보니 친구들은 내 생일엔 선물을 주는 건 고사하고 축하한단 말 한마디조차 하지 않았기 때문이죠.

그런 현실을 깨우치고 나서 받기만 하는 사람들과 자신의 이익만을 챙기는 주변 사람들을 정리하게 되었고 타인이 가지고 싶은 것들이 아닌 내가 가지고 싶은 것들을 하나둘 구입하며 깨달은 게 있습니다. 내가 힘들게 일해서 번 돈을 그동안 고생한 나 자신에게 우선시로 사용해야 한다고 말이죠.

우린 내 인생 편하게 살기 위해 돈 버는 거지 남 인생 편하게 해주려고 돈 버는 게 아니라는 사실을 인지해야 합니다. 그러니 더 이상은 남한테 퍼주지 말고 자신에게 퍼부어주도록 하세요.

마음에 상처를 들여다보는 시간이 줄었으면 좋겠습니다.

시간이 해결해 준다는 말

　간혹 감당하기 힘든 일이 불쑥 찾아와 나를 힘들게 한다면 처음 겪는 상황이기에 어떻게든 잘 대처하기 위해 방법을 갈구하다 보니 머리가 복잡해진 경험을 해 본적이 있을 거라 생각해요.

　하지만 좋지 않은 상황이 찾아왔다고 너무 힘들어하지 않았으면 좋겠어요. 시간이 해결해 준다는 말은 시간이 지나 아픈 기억이 잊힌다는 게 아닌 지금보다 성숙해진 내가 고충을 해결해 준다는 말이에요. 그러니 힘들더라도 우리 조금만 힘내 보기로 해요. 결국 당신은 행복해지고 말 테니까요.

빛나지 않아도 괜찮습니다

　평범한 삶과 빛나는 삶 중에서 어떤 삶을 살고 싶냐고 사람들에게 물으면 빛나는 삶을 살고 싶다는 사람이 많을 겁니다. 연예인 처럼 많은 사람들에게 관심과 사랑을 받으며 빛이 나는 모습과 자신의 모습을 비교했을 때 초라함을 느끼며 '나의 삶은 가치가 없다.'라고 생각할 수도 있겠지만 부디 그러지 않았으면 좋겠습니다. 밤하늘의 별은 아침이 찾아오면 보이지 않습니다. 그렇다고 그것이 사라진 것은 아니죠. 당신의 가치도 그렇습니다. 빛나지 않는다고 없어지는 게 아닙니다. 남들이 부러워하는 삶만이 가치가 있는 삶은 아닙니다.

　각자가 하고 싶어 하는 일 좋아하는 일을 하며 살아간다면 그것 또

마음에 상처를 들여다보는 시간이 줄었으면 좋겠습니다.

한 가치 있는 일입니다. 지금 삶에 만족하며 포기하지 않고 달려 나가는 것으로 충분히 잘하고 있으니 당신의 삶이 가치가 없다는 생각은 하지 않도록 해요. 언젠간 당신은 아름답게 빛나는 별보다 더더욱 아름답게 빛나는 사람이 되고 말 테니까요.

오늘도 고생했어

타인이 힘든 일을 겪을 때 옆에서 그 사람의 이야기를 들어주고 따스한 위로를 건네주는 사람들은 정작 자신이 힘들 땐 스스로에겐 따스한 말 한마디 해 주지 않는 것 같아요. 힘든 상황이 찾아왔을 때 내가 부족하기 때문이라고 생각하며 자책하고, 자신을 미워하기도 하며 자존감을 깎아내리지만 타인보다 자신을 아껴주고 사랑해 주어야 해요. 내가 슬프거나 힘들 때도 타인에게 따스한 위로를 건네듯 자신에게도 해주세요. 자신에게 따스한 말을 해주는 것이 어색하겠지만 오늘은 '오늘도 고생했어.'라는 따스한 말을 건네는 날로 정했으면 좋겠어요. 따스한 난로처럼 스스로의 마음을 따스하게 만들어 주세요.

마음에 상처를 들여다보는 시간이 줄었으면 좋겠습니다.

괜찮아도 괜찮아

당신이 한 가지 목표를 위해 얼마나 노력했는지, 얼마나 애썼는지 알고 있어요. 그런 노력에도 불구하고 결과물이 좋지 않았기에 슬픈 감정이 드는 건 당연하다 생각하고요. 그렇지만 그 슬픔을 오랜 시간 갖고 있지 않았으면 좋겠어요. 목표점에 도달하지 못했어도 포기하지 않는다면 괜찮아요. 또 다른 도전을 할 수도 있고, 실패한 것에 다시 도전할 수도 있으니까 말이에요. 그저 원하는 목표를 달성하지 못한 것 뿐이지 인생이 실패한 건 아니잖아요. 괜찮아요. 우리 다시 해봐요. 이번엔 실패했지만 다음엔 분명 성공하고 말테니 지금 눈앞에 있는 슬픔을 바라보기보단 새로운 목표를 바라보아요. 실패해도 괜찮으니 실패에 주눅 들지 않았으면 좋겠어요.

내가 아니면 누가 나를 챙겨줄까

인생에서 부질없는 것들

1. 무조건 참아주며 희생적인 삶을 살아온 것.

2. 타인의 시선을 의식하며 살아온 것.

3. 내 인생보다 타인의 인생을 걱정한 것.

4. 지나간 일에 후회하며 아파한 것.

5. 사랑하는 사람에게 자존심 부린 것.

6. 일어나지 않은 일을 걱정하고 무서워한 것.

7. 연애에 너무 헌신적으로 목숨 걸었던 것.

8. 값비싼 물건을 무리해서 구매했던 것.

9. 사랑이나 인간관계가 영원할 줄 알았던 것.

10. 사람을 의심하지 않고 너무 믿었던 것.

마음에 상처를 들여다보는 시간이 줄었으면 좋겠습니다.

충분히 잘하고 있어

가끔 '내가 잘하고 있는 건가.'라는 생각을 할 때가 있습니다. 열심히 노력하며 살아가고 있지만, 노력에 비례한 결과물이 나오지 않거나 목표점에 도달하기까지 한참 남은 것 같이 느껴지기 때문이죠. 이런 의구심이 드는 걸 멈출 수 있는 방법은 명확한 정답을 듣는 거라고 생각합니다. '어떻게 정답을 들을 수 있겠어. 인생에 정답이 어딨다고.'라는 생각을 할 수 있지만, 정답을 듣는 법은 그리 어렵지 않습니다.

스스로에게 '나 지금 잘하고 있는 거 맞아?'라고 되묻고 그 물음에 답하기만 하면 됩니다. '지금 충분히 잘하고 있으니 겁내지 말라고.',

'넌 꼭 해내고 말 거라고'말이죠.

더 이상 당신의 노력에 의심하지 말아주세요. 그 누구보다 최선을 다하고 있는 당신이니까요.

마음에 상처를 들여다보는 시간이 줄었으면 좋겠습니다.

너에게 어두운 순간이 찾아오는 이유

밝은 모습이었던 사람도 어두운 모습을 띄우며 '내 인생은 도대체 왜 이럴까?'라며 무기력해지는 순간이 있습니다.

힘든 순간없이 순탄한 삶을 살아간다면 좋겠지만, 누구나 예상치 못하게 찾아온 불행에 무기력함을 느낄 수 있습니다. 그러나 지금 찾아온 어둠은 밤하늘에 별을 보려면 어둠이 필요하듯 당신의 행복한 순간을 보기 위해 찾아온 어둠이라고 생각합니다.

힘든 일을 비극이 아닌 경험이라고 생각하고 다음에 같은 일이 생겼을 때 보다 수월하게 대처할 수 있길 바랍니다. 그렇게 살아간다면 당신은 단단하고 강인해진 멘탈을 갖게 될 것이고, 당신이 그토록 원했던 행복한 순간이 찾아올 테니까요.

당신이 손꼽았던 순간이 반드시 찾아올 수 있게 지금 당신을 뒤덮은 슬픔과 어둠에 잠식 당하지 않길 바랍니다.

마음에 상처를 들여다보는 시간이 줄었으면 좋겠습니다.

행복하게 사는 방법

1. 괜히 일어나지도 않은 일을 생각하며
   스트레스를 받는 일을 만들지 마세요.
2. 앞뒤가 같은 사람은 드뭅니다.
   사람을 너무 믿지 않도록 하세요.
3. 준 만큼 되돌려 받는다고 생각은 하지 마세요.
4. 약점을 주변 사람들에게 털어놓지 마세요.
   그 약점은 결국 칼날이 되어 돌아올 테니까요.
5. 나 싫다고 하는 사람에게 매달리지 말고
   나 좋다는 사람에게 가도록 하세요.

내가 아니면 누가 나를 챙겨줄까

6. 안 맞는 사람을 이해하려 하지말고 빠르게 포기하세요.

　이번 생엔 그 사람을 이해하지 못할 겁니다.

7. 인생은 원래 내가 하고자 하는 건 안 되고 하기 싫은 건 잘 됩니다.

　내 마음대로 되는 게 없는 게 이 세상입니다.

8. 과거에 사로잡혀 현실을 두려워하지 마세요.

9. 생각보다 남들은 나에게 관심이 없습니다.

　남 눈치 보지 말고 하고 싶은 거 다 하세요.

10. 타인의 삶과 나의 삶을 비교하지 마세요.

　좋지 않은 생각만 들 뿐입니다.

마음에 상처를 들여다보는 시간이 줄었으면 좋겠습니다.

그때 당신의 최선이었습니다

때론 어릴 적 자신을 미워하기도, 때론 후회를 하며 눈물을 흘리거나 이미 지나간 과거의 슬픔의 기억을 곱씹으며 우울감에 젖는 사람들이 있습니다.

저 또한 그런 적이 있었습니다. 지나온 나날들을 곱씹으며 어릴 적의 나의 모습을 미워하기도, 슬픔에 젖어 우울한 감정에 휩싸이기도 했죠. 그렇게 나를 자책하며 살아가던 어느 날 지독한 감기에 걸려 병원에 방문하게 되었습니다.

의사 선생님은 내게 술과 담배를 끊고, 맵고 짠거를 먹지 말라는 말씀과 함께 약을 삼키지 말고 꼭꼭 씹어서 먹어야 한다고 말씀하셨습니다. 선생님의 말씀을 듣고 집에 가서 약을 꼭꼭 씹어 먹으며 입안에 가득 찬 쓴맛과의 전쟁을 치르며 약을 먹고 나니 '약을 씹어 먹는 것과 슬픔을 곱씹는 건 마찬가지이지 않을까?'라는 생각하게 되었습니다.

삼키면 별거 아닌 약도 씹으면 입안에 쓴맛이 가득 차듯 슬픈 감정도 마찬가지라고, 슬픈 감정을 곱씹지 않아야 한다고 말이죠. 어린 시절의 내가 미워도 그때 당신의 최선이었다는 것을, 우린 과거도 미래도 아닌 현재에 살고 있다는 것을, 바꿀 수 없는 과거가 아닌 바꿀 수 있는 앞으로의 나날들은 슬픔이 남지 않도록 살아가면 된다는 것을 꼭 기억해 두세요.

마음에 상처를 들여다보는 시간이 줄었으면 좋겠습니다.

고장난 마음

태어날 때부터 부정적인 사고방식을 가지고 태어나는 사람은 없다고 생각합니다. 부정적인 사람들은 아마도 자라온 환경부터 이미 마음에 상처를 받아온 탓에 마음이 서서히 고장나 부정적인 사고방식을 가지게 된 거라고 생각합니다. 그런 환경을 조성하는 사람들은 좋지 않은 영향력을 보이곤 합니다. 누군가를 감정의 쓰레기통으로 사용하거나 무례한 말을 내뱉거나 상처를 입히는 행동을 서슴없이 합니다. 지금의 당신의 모습을 지키기 위해선 당신에게 좋은 영향력을 주는 사람과 거리를 좁히고, 좋지 않은 영향력을 주는 사람과의 거리는 두었으면 좋겠습니다.

하루하루는 귀중합니다

가끔 무기력하게 하루를 보내는 날이 있습니다. 이때 찾아오는 우울은 종잡을 수 없이 짙어지고 '기분 좋은 날만 가득했으면 좋겠다. 하지만 그럴 일은 없겠지.'라며 생각의 끝을 부정으로 맺습니다.

당신의 인생은 당신이 어떻게 마음 먹느냐에 따라 좋은 하루가 될 수도, 나쁜 하루가 될 수도 있습니다. 그러니 이제부터라도 나쁜 하루를 만들지 말아 보세요. 당신의 하루는 귀중하니까요.

마음에 상처를 들여다보는 시간이 줄었으면 좋겠습니다.

올바른 길로 잘 나아가고 있습니다

게임을 할 때 한 스테이지를 깨기 위해 수많은 도전을 하여 클리어를 하면 이내 기분이 좋아지곤 하지만 그것은 오래가지 않습니다. 다음 스테이지를 시작하면 기존보다 어려운 적이 등장하기 때문이죠. 그렇게 어려움이 반복되고 심적으로 힘들겠지만 그 과정은 결국 최종 단계로 나아가고 있다는 올바른 증거입니다. 이처럼 삶도 마찬가지입니다.

스테이지를 깰 때마다 새로운 적이 등장하듯 당신의 삶에서 새로운 적과 고된 일이 등장하는 건 지금 잘 나아가고 있다는 증거입니다. 스테이지를 클리어하지 못하고 스트레스만 받는다면 잠시 내려

놓고 주변 사람들의 팁을 듣거나 마음을 진정시키고 다시 시작하는 것처럼 삶이 힘들고 벅차게 느껴진다면 잠시 쉬어가도 좋습니다.

힘든 일이 지나고 또다시 힘든 일이 찾아왔다고 자신의 삶을 좋지 않게 바라보지 말아 주세요. 당신은 바른 길로 조금씩 성장하며 나아가는 중일 테니까요

마음에 상처를 들여다보는 시간이 줄었으면 좋겠습니다.

못하는 게 아닌 경험이 적을 뿐

보통 사람들은 자신의 서툰 시절을 인지하지 못하고 자신보다 능률이 떨어지는 사람에게 "그것도 못 하냐?"라는 반응을 보이곤 합니다. 그로 인해 아직 성장 중인 사람들은 '난 잘하는 게 하나 없는 부족한 사람이야.'라는 생각에 갇히게 되곤 하죠.

하지만 당신은 절대 부족한 사람이 아니고 단지 경험이 부족하기 때문이라는 것을 알려주고 싶습니다. "개구리 올챙이 적 생각 못 한다."라는 속담이 있듯 당신에게 지적을 하는 사람들도 다들 올챙이 적 시절이 있었지만 그 사람들은 오랜 시간 경험을 하며 익숙해졌기 때문에 당신보다 잘할 수밖에 없는 것뿐입니다.

TV 프로그램에서 한 래퍼가 '짬에서 나오는 바이브'라는 말을 한 적이 있습니다. 오랜 시간 한 가지를 파고든다면 그 누가 봐도 잘하는 사람처럼 비추어 지지만 그 사람들도 자신이 경험해 보지 못한 부분을 경험할 땐 서투르고 어색한 사람이 되고 맙니다. 그러니 자신을 초라하게 생각하지 말아주세요.

당신은 못 하는 게 아닌, 부족한 게 아닌 잘하는 사람에 비해 별로 안 해본 것뿐이니까요.

마음에 상처를 들여다보는 시간이 줄었으면 좋겠습니다.

당신은 무궁무진한 잠재력을 가진 사람입니다

가끔 지인의 기쁜 소식을 들을 때 '난 지금까지 뭐 한 거지? 난 잘 하는 게 하나도 없네.'라는 생각으로 스스로 자존감을 깎아내리곤 하지만 당신은 못 하는 게 아닌 관심이 없기에 안 한 것뿐입니다.

저 또한 마찬가지였습니다. 저번 책을 출간하기 전에 원고를 셀 수 없이 수정을 하며 '이 정도면 충분히 수정했어. 나의 최선이야.'라는 생각으로 출판사에 투고를 했지만 아주 턱없이 부족한 원고였습니다. 출판사와 오랜 기간 소통을 하며 원고에 대한 피드백을 받았고 그 토대로 원고를 여러 번 읽고 수정하기를 반복하다 '난 잘하는 게 하나도 없네, 포기를 하는 게 맞는 건가.'라는 생각이 들며 마음이 흔들린 적이 있었습니다. 그때마다 출판사에서 "작가님! 잘 해내실 거라고 믿어요."라고 말씀 해주셨는데, 그 말을 듣고 전 새로운 세상을 경험했습니다. 수정을 거듭하며 뒤바뀐 원고를 바라보며 '나도 충분히 할 수 있는 사람이구나.'라는 생각이 들었습니다.

저는 남들보다 늦은 나이에 글을 적기 시작했고, 남들보다 나은 글솜씨를 갖지 않았다고 생각했습니다. 그러나 자존감을 올리고 바라보니 늦은 나이에 시작한 게 아니라 그동안 관심이 없어서 적지 않았을 뿐이었습니다.

당신도 마찬가지일 것입니다. '남들 할 때 난 뭐 했지? 한 게 없네.'가 아니라 아직까지 당신이 관심 가질만한 것이 딱히 생기지 않았을 뿐입니다. 당신은 한계가 보이지 않는 무궁무진한 잠재력을 가진 사람입니다. 당신은 가능성을 깨워주세요. 당신은 무엇이든 관심만 가지면 다 해낼 사람이니까요.

마음에 상처를 들여다보는 시간이 줄었으면 좋겠습니다.

슬레이트

　한 편의 영화를 완성하기 위해 한 장면을 수십 번씩 재촬영하기도 합니다. 그 장면이 원하는 대로 나오지 않았거나, 여러 요인의 실수가 있었기 때문이죠. 그래서 영화가 완성되기까지 적으면 몇 개월, 길면 몇 년이 걸린다고 합니다. 인생도 마찬가지입니다. 몇 시간짜리 영화를 만드는 데도 많은 실수가 생기는데, 우리는 수십 년의 인생을 만들어가며 실수를 하는 건 당신이 부족해서가 아니라 자연스러운 겁니다. 영화를 촬영할 때 실수를 하게 되면 슬레이트를 치고 그 장면부터 다시 촬영을 이어가듯 살아가며 실수를 했을 때 나만의 슬레이트를 치고 다시 시작해 보는 것이죠. 그러니 실수를 했다고 자책하며 무너지지 말고 인생이 잘 완성될 수 있도록 다시 해보는 겁니다.

내가 아니면 누가 나를 챙겨줄까

나만 불행한 느낌

'남들은 다 행복해 보이는데 나만 불행한 느낌이네.'라고 생각하는 사람들이 있습니다. 과일을 보더라도 겉은 멀쩡하지만 속은 썩어 있는 과일이 있듯이 사람도 마찬가집니다. 힘든 상황이더라도 굳이 그 상황을 겉으로 표출하며 살아가기보단 긍정적으로 힘을 내어 살아가기 때문에 좋은 모습만이 비추어지는 겁니다.

타인의 겉모습만을 바라보며 불행의 틀에 갇혀 살아가기보단 앞으로는 자신의 불행을 어떻게 이겨내야 좋을지에 대하여 생각해 보도록 하세요. 당신뿐만이 아니라 많은 사람들도 저마다 아프고 슬프지만 담담하게 이겨내고 있는 거니까요.

마음에 상처를 들여다보는 시간이 줄었으면 좋겠습니다.

삶에 대한 불만을 덜어내고 당신의 내면과 타인의 외면을 비교하지 마세요. 타인과 비교를 하지 않는 순간 당신은 행복한 삶을 살아갈 수 있을 겁니다.

내가 아니면 누가 나를 챙겨줄까

꼭 이겨내고 말 겁니다

하나의 목표 지점에 도달하기 위해 얼마나 힘겨운 노력을 했는지 말하지 않아도 충분히 알고 있습니다. 하지만 당신의 노력을 짧은 순간에 평가하는 사람들은 한순간에 측정하기 때문에 당신의 지난 시간을 좋지 않게 평가한 게 아닐까 생각합니다. 충분히 노력했고 최선을 다했다고 생각하며 좋은 결과를 맞이할 거라 생각했던 당신의 생각을 '난 못 해.'라는 부정적인 생각으로 바뀌게 만들지도 몰라요. 그런 부정적인 생각이 생기게 된다면 다시 도전하고 싶다는 생각을 가지긴 어렵고 힘들 거라고 생각합니다.

최선을 다했지만 부족한 사람이라는 생각이 들 테니까요. 하지만

마음에 상처를 들여다보는 시간이 줄었으면 좋겠습니다.

당신은 부족한 사람이 아니야 당신을 평가했던 사람들이 인재를 알아보는 능력이 부족했던 거라고 생각합니다. 저에게 비추어지는 당신은 충분히 대단하고 멋진 사람입니다. 사람이 어떻게 순탄하게만 살아가겠어요. 때론 실패도 맛보며 경험으로 쌓이고 차후에 실수를 하는 일이 없도록 만들어 주는 거죠. 마치 권투에서도 1라운드에서 부진하더라도 2라운드 3라운드에서 분발하면 승리를 이끌듯 당신의 삶에서도 단 한 번의 실패의 쓴맛을 보더라도 포기하지 마세요. 꼭 인생에서 승리하고 말 테니까요.

204
내가 아니면 누가 나를 챙겨줄까

나만 힘든 것 같다는 생각은 멈추어 주세요

언젠가 '빗속의 사람 그리기 검사(PITR)'를 했던 적이 있습니다. PITR 검사는 빗속에서 우산을 들고 있는 자신의 모습을 그림으로 그려 속에 담겨 있는 자신의 삶과 인간관계에 대한 심리를 분석해 주는 심리테스트입니다. 차례를 기다리는 사람들은 "궁금하다, 재밌겠다."라는 말을 하며 서로 웃음꽃을 피웠지만 테스트를 진행하는 공간에서 우리의 웃음소리를 멎게 만드는 울음소리가 들려왔습니다. 그로 인해 자신의 차례를 기다리던 사람들에게는 정적의 시간이 흘렀죠. 그렇게 고요한 시간 속 테스트를 마친 사람이 눈이 붉게 물든 채로 나왔습니다.

마음에 상처를 들여다보는 시간이 줄었으면 좋겠습니다.

그런 모습을 바라보며 사람들은 "혹시 너도 우는 거 아니야?"라며 또다시 장난스러운 말을 던졌지만 점점 기다리는 사람들에게 긴장감이 감돌았습니다. 그 이유는 상담을 기다리던 그다음 사람도 그리고 그다음 사람도 지속적으로 눈물을 터트렸기 때문이죠.

그렇게 앞에 사람들이 눈물을 흘리는 모습을 바라보며 걱정 반 기대 반으로 차례를 기다리다 보니 드디어 저의 차례가 찾아와 상담을 받는 공간에 들어가 선생님에게 "안녕하세요."라고 인사를 건네었습니다. 그러자 선생님께서 연필과 종이를 건네주셨습니다. 그리고 빗속에 우산 쓴 나의 모습을 그려 건네어 달라고 하셨습니다.

전 종이에 솔직한 나의 감정을 그림에 담아 선생님께 건네었습니다. 저의 그림을 보신 선생님은 그동안 잊고 지내왔던 아픔의 시간들 속에 나를 정확히 설명해 주셨습니다. 선생님의 말씀을 듣고 나니 왜 앞에 사람들이 눈물을 흘렸는지에 대해 이해를 하게 되었고 '나만 아프고 힘든 줄 알았는데 모든 사람들이 마음 한편에 아픔을 가지고 사는구나.'라는 걸 깨닫게 되었습니다.

세상이 자신에게만 고통을 주는 것 같다고 느끼는 사람들에게 이 메시지를 꼭 전달해 주고 싶습니다. 나만 힘든 게 아니라 누구나 힘들고, 외롭고, 지치고, 슬프지만 그저 아무렇지 않은 척하며 삶을 견

여내는 것뿐이라고. 그러니 자신만이 아프고 초라하다고 생각하지 않았으면 좋겠다고 말이죠. 언젠가 지금처럼 아픔을 견디며 살아가다 보면 당신에게도 지나온 상처가 무덤덤해지게 느껴지는 날이 찾아오고 말 겁니다. 그러니 절대 나의 삶만 힘들다고 치부하지도 현재의 고충에 무너지지도 않기로 해요.

마음에 상처를 들여다보는 시간이 줄었으면 좋겠습니다.

결국 그 누구보다 행복해질 당신입니다

어릴 적 읽어왔던 동화 속의 주인공들은 힘든 인생을 살다 결국 행복을 맞이하게 됩니다. 신데렐라는 어려서 부모님을 잃고 계모와 언니들에게 구박을 받으며 살다 왕자와 결혼하고, 미운 오리 새끼는 어렸을 때 주변 오리들과 다르게 생겼다는 이유로 미움을 받으며 살았지만 아름다운 백조가 되고, 흥부는 가난하게 살며 놀부인 형에게 밥주걱으로 뺨을 맞았지만 은혜를 갚은 제비 덕에 부자가 되어 행복한 삶을 살게 됩니다.

우리의 삶도 마찬가지라고 생각합니다. 머지않아 그 누구보다 행복한 날을 맞이하기 위해 거쳐 가는 주인공의 서사인 것이죠. 힘든

내가 아니면 누가 나를 챙겨줄까

시기에 무너지지 않고 포기하지 않는다면 우리에게도 꼭 행복한 날이 펼쳐지고 말 거예요. 그러니 자신의 지나온 상처들의 기억과 흔적들을 도려내며 새로운 행복한 삶을 위해 살아가도록 해요. 결국 그 누구보다 행복해질 당신이니까요.

마음에 상처를 들여다보는 시간이 줄었으면 좋겠습니다.

당신의 최선이었습니다

선택의 기로에 놓였을 때 어떤 선택을 해야 좋을지 고민에 빠지는 순간이 있습니다. 쉽사리 해결할 수 있는 것들은 빠른 시일 내에 결정을 내리겠지만, 어려운 부분을 맞이한다면 어떤 결정을 해야 좋을지 주변 사람과 부모님에게 묻기도 하고, 혼자 생각의 시간을 길게 가지기도 합니다. 그렇지만 고민의 시간이 길어지지 않았으면 좋겠습니다. 어떤 선택을 하더라도 '이렇게 할걸'이라는 후회라는 감정이 생기니까 말이죠.

평소에 주변 사람들과 외식을 할 때도 한 음식점에서 식사를 마치고 나와 다른 음식점을 바라보며 '이거 먹을걸.'이라는 후회의 감정이 생기듯 그 선택에 대한 아쉬움과 후회가 찾아오는 건 자연스러운 것입니다.

　조금이나마 후회를 덜 하기 위해서는 내가 진짜 원하는 것을 선택하는 것입니다. 시간을 되돌리지 않는한 어떤 선택이 좋은 선택인지 확인할 방도가 없기 때문이죠.

　"거봐, 내 말 들으랬지."하며 누가 뭐라고 하더라도, '이렇게 해볼걸.'이라는 후회가 남더라도 그 순간 선택은 당신이 할 수 있는 최선이었습니다. 그거 하나로 충분합니다.

211
마음에 상처를 들여다보는 시간이 줄었으면 좋겠습니다.

이유 없는 눈물

우린 감정이 복받쳐 눈물이 나오는 것에 익숙해졌을 뿐 평상시에 눈물을 흘리는 것에도 이유가 있습니다. 평상시에 이유 없이 눈물이 나오는 이유는 지금 현재 당신의 마음이 온전치 않다는 신호입니다. 겉으로 밝은 척, 아무렇지 않은 척, 괜찮은 척 타인에게 자신의 슬픔을 감추고 살아가기 때문에 마음이 무겁게 느껴지기 때문이죠. 더 이상은 당신이 자신의 슬픔을 감춘 채 태연하게 살아가려 애쓰지 않았으면 좋겠습니다.

가끔은 나를 위해 살아가며 휴식도 취하고, 맛있는 것도 먹고, 취미와 여가 생활도 즐기며 살아가면 좋겠습니다. 그렇게 가끔 자신을 위해 잠시 쉬어가는 날을 만든다면 당신에게 이유 없는 눈물은 흐르지 않을 거예요. 그동안 혼자 힘들었죠? 정말 수고했어요.

마음에 상처를 들여다보는 시간이 줄었으면 좋겠습니다.

인생에서 필요 없는 것

1. 열등감과 시기와 질투.

2. 지나간 과거의 후회.

3. 일어나지 않은 미래 걱정.

4. 이미 끊어진 관계에 미련.

5. 상처를 남긴 사람에 대한 증오.

내가 아니면 누가 나를 챙겨줄까

지금 당장 고쳐야 할 습관

1. 믿을 수 없는 사람을 믿어보려 하는 것.

2. 나보다 남을 먼저 생각하는 것.

3. 나만 애쓰는 관계를 이어가는 것.

4. 타인의 시선에 갇혀 살아가는 것.

5. 일어나지도 않은 일을 미리 걱정하는 것.

6. 애쓰지 않아도 될 일을 지나치게 신경 쓰는 것.

7. 나의 단점과 타인의 장점을 비교하는 것.

8. 시작하기 전에 '난 못 해'라고 자신을 낮추는 것.

마음에 상처를 들여다보는 시간이 줄었으면 좋겠습니다.

메마른 감정

누군가가 나에게 고민을 털어놓으면 내 일 처럼 고민을 해결해 주기 위해 애쓰곤 했습니다. 그렇게 하나둘 사람들의 고민을 해결해 주다 보니 뿌듯했지만 상대방은 저와 달랐습니다. 점점 자신이 필요할 때만 찾기 시작했고, 그 횟수가 잦아지자 예전처럼 해결해 주는 일도 줄어들게 되었습니다.

그렇게 딱딱한 마음을 가진 채로 살아가다 보니 간혹 "혹시 MBTI가 T세요?"라는 말을 듣습니다. 원래 그러지 않았는데, 슬픈 영화만 봐도 눈물 쏟던 나였는데 감정이 메마른 걸까? 왜 이렇게 변한걸까 곰곰히 생각을 해보니 감정이 메마른 게 아닌 그저 다시 상처를 입지 않기 위해 숨기며 티 내지 않으려 애쓰고 있던 거였습니다.

자신의 감정이 메마른 것 같다는 생각이 든다면 한 번쯤 생각해 보세요. 사람들을 좋아하며 소중히 여기던 자신의 과거의 모습을 말이죠. 그 누구보다 사람들을 좋아하며 남의 일을 내 일처럼 여기던 선량하고 마음이 넓은 당신이었잖아요. 상처를 주었던 사람들로 인해 자신 스스로를 어두운 방으로 밀어 넣지 않도록 해요.

마음에 상처를 들여다보는 시간이 줄었으면 좋겠습니다.

마음속의 비상불

인생을 좋은 일만 가득히 채워 살아갈 수 있다면, 이 세상 사람들이 슬픈 감정 없이 행복만 가득 채워 살아가겠지만 현실은 그렇지 않습니다. 누구나 한 번쯤은 '이 시기를 어떻게 헤쳐 나아갈 수 있을까?'하는 시련 때문에 마음의 비상불을 켜는 시기가 찾아오곤 합니다. 각자 마음속 고충의 크기는 다르겠지만 사람들은 '이제 난 틀렸어.'라며 부정적으로 생각하는 사람과 '하나하나 천천히 잘 헤쳐 나가 보자. 언젠간 끝이 보일 거고 앞으론 좋은 일이 생길 거야.' 하며 긍정적으로 생각하는 사람으로 나뉘곤 합니다.

어려운 상황을 직면했을 때 긍정적으로 생각한다면 좋겠지만 부정적인 생각만이 머릿속을 사로잡는다면 한 가지만 인지해 뒀으면 좋겠습니다. 지금보다 더 높이 비상하기 위해서 잠시 겪는 고통일 뿐이라고, 지금 시기가 끝이 나면 현시점과 비교되지 않을 만큼 성장한 당신의 모습을 맞이하게 될 거라고 말이죠.

당신이 부러워하는 롤 모델이 한 명쯤은 있을 거라 생각합니다. 그 사람들도 힘든 순간에 무너지지 않고 이겨내 지금 그 자리에 있는 겁니다. 그러니 그런 사람들을 바라보며 부럽다고 생각하기보단 나도 꼭 지금의 시기를 이겨내서 성장하는 내가 돼야겠다는 생각을 가졌으면 좋겠습니다. 당신도 꼭 그 누구보다 아름답게 하늘 위로 비상하는 날이 찾아올 테니 무너지지 말고 굳건하게 버텨내도록 하세요.

마음에 상처를 들여다보는 시간이 줄었으면 좋겠습니다.

후회가 남는 이유

    평범한 어느 날 후회라는 감정이 찾아와 차곡차곡 쌓아 나아가던 나의 감정을 망가트리면 평범하고 행복했던 일상이 우울하게 변질되곤 하죠. 그렇게 몇몇 사람들은 잠시 슬픔의 시간을 거쳐 본연의 모습으로 되돌아오지만 또 다른 몇몇 사람들은 지나간 일에 얽매여 우울하고 부정적인 생각을 가진 사람이 되곤 합니다. 과거에 사로잡혀 두려움을 떨쳐내지 못하거나 '난 하지 못할 거야, 부족한 사람이니까.'라며 자신을 초라하게 만들면 시도 조차 하지 않고 포기할 가능성이 높습니다. 이런 악순환이 반복되면 스스로의 가치를 낮게 생각하며 할 수 있는 것조차 못하게 되는 사람이 되고 맙니다.

내가 아니면 누가 나를 챙겨줄까

당신이 더 이상 지나간 일에 얽매여 살아가지 않았으면 좋겠습니다. 지나간 일에 얽매여 살아가는 행동은 새롭게 다가오는 수많은 기회를 놓치는 행동입니다. 할 수 있는 것조차 두려움에 떨며 못하게 된다면 후회만 더 키울 뿐입니다.

스스로의 가치를 낮추지 마세요. 당신은 많은 걸 해낼 사람입니다. 과거에 머무르지 말고 현재를 바라보세요. 그리고 지금부터 새롭게 시작하세요.

마음에 상처를 들여다보는 시간이 줄었으면 좋겠습니다.

에필로그

　세상을 살다 보면 상황과 사람에 의해 마음에 상처를 입곤 합니다. 지켜내고 싶지 않은 관계에서 상처를 받았다면 그 사람과의 거리를 두거나 관계를 정리하면 됩니다. 반드시 지켜내고 싶은 관계에선 자존심과 자존감 모두 내려 놓은채 '내게 소중한 사람이니까, 사랑하는 사람이니까, 그럴 수도 있지, 내가 이해해야지.'라고 포장하며 관계를 지켜내려고 하죠. 관계를 지키기 위해 상처를 견디다 보면 지워지지 않는 후유증도 생길 수 있습니다. 후유증이 남게 된다면 자신의 과거에 사로잡혀 나에게 친절을 베푸는 사람에게도 감사함을 표하기보단 '내게 무엇을 원하길래 이러지?'라는 의구심을 품게 될 겁니다.

이러한 상황을 초래하지 않기 위해선 내 마음에 상처를 주는 사람과의 관계를 끊어야 합니다. 관계는 일방적인 것이 아닌 상호작용이 일어나야 합니다. 나 혼자만이 상대방을 존중하고, 배려하며, 이해하는 것이 아닌 상대방 또한 당신을 존중하고, 배려하며, 이해해 주어야 합니다.

저 또한 어릴 적 주변 사람들이 주는 수많은 상처로 인해 혼자가 된 적이 있습니다. 제 곁에 다가와 주는 것만으로도 감사했기에 소중한 사람들이라고 생각했고 그로 인해 그 사람들이 주는 지속적인 상처들을 '그럴 수도 있지.'라는 생각으로 이해하며 견뎌낸 경험이 있습니다. 여러 가지의 좋지 않은 상황들을 겪으며 늘 의기소침하며 주변 사람들에게 우울감을 토하던 사람이었죠. 그런 경험을 살려 저만의 노하우를 이 책에 담아 당신에게 전해드리려고 합니다. 그로 인해 당신이 현재 가지고 있는 고민과 상처들이 조금이나마 치유가 되기를, 답답했던 마음이 속 시원한 마음이 되었으면 좋겠습니다.

내 마음에 상처를 내며 지켜내야 하는 관계는 없습니다.
당신도 누군가에겐 소중한 사람이라는 사실을 잊지 마세요.

내가 아니면 누가 나를 챙겨줄까

초판 발행 | 2023년 12월 15일
9쇄 발행 | 2024년 10월 23일

글 | 홍현태

펴낸곳 | Deep&Wide
발행인 | 신하영 이현중
도서기획 | 신하영 이현중
편집 | 신하영 이현중 윤석표
마케팅 | 신하영 이현중 윤석표
주소 | 서울특별시 마포구 성미산로1길 21 사울빌딩 302호
이메일 | deepwidethink@naver.com
ISBN | 979-11-91369-45-8

저희는 책에 관한 아이디어나 조언 그리고 원고 투고를 언제나 기다리고 있습니다. deepwidethink@naver.com으로 당신의 아이디어를 보내주시고 출간의 꿈을 이루어 보시길 바랍니다.

당신도 멋진 작가가 될 수 있습니다.